O AMOR É O CRIME PERFEITO

O AMOR É O CRIME PERFEITO

Jean-Claude Lavie

Tradução
CLAUDIA BERLINER

Martins Fontes
São Paulo 2001

Esta obra foi publicada originalmente em francês com o título
L'AMOUR EST UN CRIME PARFAIT
por Éditions Gallimard, Paris.
Copyright © Éditions Gallimard, 1996.
Copyright © 2001, Livraria Martins Fontes Editora Ltda.,
São Paulo, para a presente edição.

1ª edição
fevereiro de 2001

Tradução
CLAUDIA BERLINER

Revisão da tradução
Márcia Valéria Martinez de Aguiar
Revisão gráfica
Izabel Cristina de Melo Rodrigues
Márcia da Cruz Nóboa Leme
Solange Martins
Produção gráfica
Geraldo Alves
Paginação/Fotolitos
Studio 3 Desenvolvimento Editorial

Dados Internacionais de Catalogação na Publicação (CIP)
(Câmara Brasileira do Livro, SP, Brasil)

Lavie, Jean-Claude
  O amor é o crime perfeito / Jean-Claude Lavie ; tradução Claudia Berliner. – São Paulo : Martins Fontes, 2001. – (Estante de psicanálise)

  Título original: L'amour est un crime parfait.
  ISBN 85-336-1245-1

  1. Amor 2. Psicanálise I. Título. II. Série.

00-1697   CDD-152.41

Índices para catálogo sistemático:
1. Amor : Psicologia   152.41

Todos os direitos para o Brasil reservados à
Livraria Martins Fontes Editora Ltda.
Rua Conselheiro Ramalho, 330/340
01325-000 São Paulo SP Brasil
Tel. (11) 239-3677 Fax (11) 3105-6867
e-mail: info@martinsfontes.com
http://www.martinsfontes.com

Tudo é mistério no amor,
Suas flechas, sua aljava, sua tocha, sua infância:
Não é obra de um dia
Esgotar essa ciência.
Portanto não pretendo aqui tudo explicar;
Quero apenas dizer, à minha maneira...

Jean de La Fontaine,
L'Amour et la Folie.

Índice

Olhares 1
A presença do passado 11
O amor só se autoriza por si mesmo 25
A abertura 43
"A vergonha me habita!" 55
Morrer de desejo 67
Maldito dito 79
Fax a fax 91
Excelência paradigmática da cena primitiva 115
Os bastidores da excitação 135
Sozinho perante quem? 157
Dito feito 175

OLHARES

É para quem, quando é por amor?

Tomar a mais funesta das decisões não foi muito difícil. O especialista fora categórico: o avanço da doença não deixava nenhuma esperança. Diante do inelutável, por que me perder em reflexões vãs! Assim mesmo esperei um minuto antes de ceder. Passamos para a sala ao lado. O médico, com um gesto familiar, encheu uma seringa e, sem nenhum movimento brusco, estreitou o gato contra seu avental. Depois, plácido, aplicou-lhe a injeção mortal. Sentia-me perturbado, mas calmo. Não era a única opção adequada? Não havia esperança de remissão. O mal e seu cortejo de sofrimentos só iriam aumentar. Também o gato estava calmo. Com sua indolência costumeira, mostrava-me seu belo olhar sereno diante daquilo que ele sentia como cuidados e ternura, o que só fazia aumentar meu mal-estar, acentuado pelo espanto de constatar que o efeito da injeção não era imediato. No ambiente silencioso e ameno do consultório, nós três estávamos tão tranqüilos que acabei esquecendo o que estávamos esperando, numa estranha paz. Ao ver o olhar do gato se contrair, recuperei a penosa perspectiva. O líquido fatal começava a surtir efeito. Lentamente, vi aparecer naquele olhar a marca de uma surpresa que cresceu até tornar-se uma espécie de frêmito que denunciava minha traição. Com razão! Movido por meu amor pelo gato, levara-o para ser tratado, talvez curado e depois voltar para casa. E ali, sem de fato tergiversar, eu o abandonara e condenara. Nossos olhos, irresistivelmente ligados, ficaram a debater por um longo minuto, talvez dois, até que seu olhar se pôs a derramar no meu um ódio tão concentrado que sua extrema veemência traspassou meu coração. Aos poucos essa expressão foi se apagando para dar lugar a um desamparo sem igual que, naquele instante, me petrificou. Por fim, os olhos do gato se velaram, o irremediável sucedeu, libertando minha espera e minha respiração.

Guardo as imagens dessa cena há muito tempo. Raramente presentes, elas continuam acessíveis apesar de sua impiedosa dureza. Surgem em lampejos para me lembrar do que vivemos ali, o gato e eu, bem como... o veterinário.

Eu observara que tampouco o médico tirara os olhos do olhar do gato. Fizera-o de maneira contínua, o que desmentia aquilo que eu considerara até então uma sinistra rotina. Pedira a ele que me falasse a respeito: "Bem dosada, a mistura tóxica não deve provocar sofrimento. Sempre procuro evitar que esse ato seja em alguma medida penoso ou doloroso. Para tanto, tenho evidentemente que levar em consideração o animal, sua idade, seu estado, seu peso. Vi que o senhor acompanhou cuidadosamente, como eu, a fase de dilatação das pupilas – denominada "midríase" –, consecutiva ao início dos reflexos adrenérgicos de defesa, seguida de sua contração – que chamamos de "miose" –, que marca a reação antagonista, denominada parassimpaticomimética. Procuro acompanhar da melhor maneira possível esses dois tempos, visíveis no olho do animal, para aperfeiçoar minha prática e não infligir sofrimento inútil."

O choque que essas palavras produziram em mim foi de uma violência equivalente à emoção com a qual vivera a triste cena. Esta, tão eloqüente em si mesma, deixara-me sob o peso de sua forte dominação. Era natural que o depoimento do homem de ciência fosse tão distante do que eu sentira, mas isso me fez compreender inopinadamente que aquilo a que eu estivera exposto não exercera sobre mim nenhuma dominação. Ao contrário, eu é que exercera sobre toda a cena a dominação que lhe atribuía. Na verdade não havia nenhuma dominação. Eu fizera falar o que vira, o médico também. Com uma diferença, no entanto: o homem da arte tinha organizado o tema e os termos de sua reflexão para aperfeiçoar seu ofício. Eu, ao contrário, nada decidira ou antecipara. O que me dera a certeza de ter estado efetivamente submetido à dominação do que acontecera. O relato do que o médico tinha observado mostrava-me que essa dominação só se apoiava nos detalhes da cena pela acolhida que eu lhes reservara. Era essa acolhida que tinha determinado o teor e o sentido do que eu experimentara.

Foi uma revelação perceber que a morte do gato tinha sido vivida de maneira bastante prosaica por aquele que a provocara, enquanto eu ficara cruamente exposto à morte de sabe-se lá quem, cujo olhar me implicara intensamente. Na tentativa de decidir o que realmente tinha ocorrido diante de mim, eu descobria que tivera de enfrentar a realidade... do que meu olhar vira. O que eu percebera nos olhos do gato tinha tudo para evocar em mim outras mortes que eu talvez temesse ou... esperasse. Diante de uma de suas manifestações, nossa costumeira omissão da onipresença da morte acarreta a evocação inevitável de muitas outras.

A impassibilidade do veterinário tinha me confrontado com uma verdade cuja evidência salta aos olhos: é o olhar que vê... o que ele vê. O mesmo acontece quando o que ele vê se impõe a ele. A natureza da imagem resulta do poder absoluto que o espectador tem sobre ela, sem que o saiba. No que concerne às palavras e ao sentido que se lhes dá, existe a mesma ascendência, mas menos clandestina. Quem não aprendeu a desconfiar da significação de tudo aquilo que ouve? Desde a infância, estamos habituados com o uso arbitrário das palavras que nos são dirigidas ou que nós mesmos possamos proferir. Inversamente, a imagem parece não conter intenções nem imposições e tampouco parece procurar convencer. Sendo o que é, só mostra uma verdade transparente. Não incita à crítica. Tomando o exemplo banal do sonho, sabemos que ele é uma sucessão de imagens que irão notificar... aquilo que o sonhador decidir com seu relato, relato que acaba sendo confundido com o sonho. O que consideramos enganosamente ser o sonho é apenas uma patética fabulação. O que se faz passar por sonho nada mais é que sua legenda.

A imagem tem tamanho poder que, mesmo quando descrita, ainda parece honesta, porque dá a impressão de não implicar nem artifício nem perfídia. Exibindo-se com perfeita limpidez, a imagem oferece uma evidência que basta... fazer falar. Essa aparência leal e digna de fé explica o uso tão difundido e comum da metáfora ou da parábola, que tentam explorar esse surpreendente poder de persuasão. Foi o que me revelou a dupla percepção da morte do gato, abertura para uma infinidade de outras. Minha visão espontânea era o extremo oposto da visão deliberada do médico. Qual seria a mais autêntica? Quem estaria mais qualificado para decidir o que representa realmente uma imagem, uma cena, uma vida? Vivemos num universo muito estranho, pois estamos submetidos a ele na medida exata em que o inventamos. Saber disso infelizmente não nos permite criticar o que vemos. Precisaríamos de outro modo de ver para apreender o nosso, que, por ser o nosso, engana facilmente nossa sinceridade. Assim, aquilo que constitui nosso pior sintoma, de longe o mais pérfido, nem mesmo dá a perceber sua natureza de sintoma.

A psicanálise exerce seu singular poder atribuindo o peso das vivências atuais à permanência de modos de ver arcaicos. Curiosamente, ela não tem nenhuma preocupação com a realidade evocada pelos relatos, importando-se apenas com os modos de ver que revelam. Diferente, sob esse aspecto da maioria dos modos de entendimento da fala, sua especificidade consiste em não se interessar pela correção do que venha a ser dito. Para o psicanalista, qualquer fala é *ipso facto* profundamente correta. Sua atenção recai sobre aquilo que subjaz à elocução, buscando aquilo a que ela é secretamente atribuída. Em sessão, todo modo de dizer é escutado em função da relação que o falante estabelece com o destinatário. Assim se percebe a transferência. Nos olhos do gato, que olhar me encarava então? Quem estava diante de mim e me fazia repentinamente tremer? De quem era a morte que eu estava consumando? Que desejo secreto parecia se realizar no que eu observava?

Por quem agimos, quando é por amor? Aliás, seria matar um ato de amor? Desses enigmas, outro surgia. A quem, quando se ama, acredita-se dedicar amor? A esse gato amado, a quem, durante anos, eu acreditara querer à minha maneira? Que objeto acabava eu de perder, que de repente me deixava só com sua ausência? Da provação que eu acabara de viver, iria continuar a carregar o que em mim constituiria seu peso. Chorar alguém que desaparece é menos sofrer uma separação ou fazer um luto que, nessa provação, enfrentar quem se é. É perceber uma grande parte de si até então ignorada e que a circunstância denuncia. Chorar, lamentar, sofrer de nada serve para aquele que, agora, só tem existência em nós. Acreditamos estar saldando uma dívida dedicando-lhe nosso penar ou temeríamos ofendê-lo virando a página?

    O modo de ver do veterinário parecia perseguir o domínio de seu ato. No entanto, ao ser por ele narrado em seu relato, ganhava um alcance que ultrapassava essa meta. Não era mais com seu ato que o médico tinha de lidar, mas comigo, interlocutor-cliente, a quem ele tinha de convencer de suas motivações. E sem dúvida, por meu intermédio, era a si mesmo que ele persuadia de suas boas intenções. O poder de abolir a vida exige um discurso que o legitime. Em que mais a fala desse homem podia se empenhar, senão em suscitar o reconhecimento de sua competência e, ademais, em afirmar a virtude de seu ato? Por isso, quando comunicamos com toda ingenuidade nossos modos de ver, não percebemos que, com nossos modos de dizer, esses modos de ver visam a uma meta totalmente diferente: têm o intuito de justificar. A defesa – antes ou depois de sua realização, ou por via das dúvidas – de nossos pensamentos e atos explica o ardor que às vezes empregamos para convencer sabe-se lá quem de sabe-se lá o quê. Dentre as palavras-chave que absolvem, da boa-fé à imperiosa necessidade, o amor não é das menos importantes. O crime passional não é sórdido, e matar o próprio gato por amor a ele, tampouco. A miragem de todo modo de ver decorre do fato de um modo de ver só ganhar sentido por um modo de dizer.

A teoria psicanalítica não é nada lisonjeira para o espírito, que nela descobre os limites da objetividade de qualquer percepção. Como não ficar perturbado com a surpreendente constatação feita por Freud, de que o portador das imagens de um sonho, ao dizê-lo nas palavras que lhe vêm à mente, encontra-se submetido ao que ignora esperar dessa verbalização? O relato de um sonho tem por função interpelar aquele a quem esse relato se destina, como se o próprio sonho tivesse sido feito com essa finalidade. Esclarecer o que através dele se exprime nem por isso é evidente; graças a isso muito pode ser intercambiado sem ser efetivamente dito. Deve-se acrescentar que as interpretações do analista estão sujeitas ao mesmo jogo de translação. Para além de sua suposta revelação, elas atualizam uma intenção veiculada pelo que enunciam. Ao ser dito, todo modo de ver está fadado a ser apreendido numa visada sempre outra.

A imagem toma o sentido de sua enunciação. Nossa visão do mundo é a busca do discurso que nos vincula a ele. Foi o que ocorreu com meu olhar sobre a morte do gato, que o leitor tem todo o direito de ver com o seu.

A PRESENÇA DO PASSADO

O amor é sentido no vínculo.

O temporal surpreendeu-me a dois passos de casa. Avistei imediatamente uma providencial galeria de arte, espantado por ter passado por lá uma dúzia de vezes sem nunca tê-la notado. Sempre fico desconcertado diante da constatação de que é meu olhar que faz surgir o mundo. Convencido de estar submetido à realidade que me cerca, não me dou conta de que a percebo em função do que faço dela. A galeria era um abrigo. Que os artistas me perdoem!

Desse porto distante resta-me a lembrança de um mal-estar diante das telas e das fotografias mescladas. Imbricados, imaginário e real pareciam descreditar-se. Passados alguns instantes, saí da galeria sem suspeitar que, mais tarde, um desses clichês me voltaria à memória como enigma.

*

A foto impunha a perspectiva dificilmente tolerável de uma cidade totalmente arrasada. Do primeiro ao último plano, ruínas e escombros erguiam gigantescos amontoados de pedras e vigas enegrecidas. Rolos de fumaça esparsos diziam que o cataclismo era recente. Esquecido de sua origem e intrigado pela presença em mim de tal panorama, eu buscava em sua alucinante composição a causa de minha reminiscência. Sobre esse fundo de tormenta apaziguada, dominando o imenso mar de escombros, duas personagens davam a medida da extensão devastada. Sua solidão transmitia a sensação de que eram as únicas sobreviventes do desastre. Uma mulher, ao mesmo tempo jovem e sem idade, de traços cansados, ocupava a direita da trágica cena. Seu rosto petrificado reforçava o impacto da desolação. Sua expressão era perfeitamente compreensível porque podíamos observar o que ela estava vendo. Seu olhar parecia perdido e incrédulo, sem dúvida por continuar habitado pelo que, ainda ontem, ali se erguia. O desalinho das roupas, os olhos desvairados e os ombros caídos sublinhavam que essa mulher, sob o peso de terríveis sustos, sentia-se ainda mais arrasada pela visão da calma restabelecida.

Se eu não vivera pessoalmente a cena, o que é que eu tinha a ver com sua evocação? A imprensa nos acostumou a esse tipo de fotografia. É a ilustração de um tremor de terra ou a recordação de um bombardeio terrível. Esses espetáculos são o símbolo da perdição humana absoluta, a não ser que quem olhe tal documento descubra um pesadelo que seja capaz de abandonar logo em seguida. Mesmo que sinta dolorosamente o desamparo da situação, não está ameaçado por nenhum dos perigos que ali se anunciam. No entanto, sentia-me envolvido por esse penoso afresco, sem entender o que sua reiterada lembrança significava para mim.

Ao lado da mulher, e dando-lhe a mão, encontrava-se uma menininha de dois ou três anos que chamava pouco a atenção, ante a cidade arrasada que enchia a cena. O rosto da menininha, porém, não me era indiferente, sem me dizer mais nada. De tempos em tempos, essa estranha reminiscência vinha me visitar. Ocupava um lugar particular em meus arquivos mentais, como se eu tivesse participado desse drama e vivido seu tormento, ou como se eu tivesse sido o fotógrafo, empenhado em conservar o testemunho irrefutável de algo difícil de conceber, sem saber muito bem o quê. Acontece que eu tivera a triste oportunidade de contemplar semelhantes destruições. Esta, pior do que tudo o que eu já vira, mais me confundia que me afetava. A familiaridade da foto me era estranha, como a de um objeto que se conhece bem, mas cujo uso se ignora.

Com o passar do tempo, a menininha chamava cada vez mais minha atenção, se assim posso dizer, pois a cena nada mais fazia que atravessar minha mente. Acabei percebendo que sua expressão era muito diferente daquela da jovem mulher. Com o rosto quase colado ao aparelho que fixara seus traços, e ligeiramente voltado para cima, a criança contemplava aquela que eu acreditava só poder ser sua mãe. A mulher, presa da inassimilável visão, parecia até ter se esquecido da existência daquela que ela segurava pela mão. Sem dúvida, foi por oposição ao seu estupor que a fisionomia da menina se destacou. Até então, cativado pelo desastre, eu não pudera ver que esse rosto infantil mostrava uma espécie de placidez! A menina, segurando a mão tranqüilizadora da mãe, parecia ignorar o universo de ruínas que as cercava. É lógico que a menina também tivesse vivido terríveis momentos. Não o demonstrava. Contemplar a mãe lhe bastava. Em todo caso, no instante da fotografia, nada mais existia para ela.

O contraste dos rostos era desconcertante. Mas eu não imaginava o fotógrafo suficientemente alerta naquele momento trágico para decidir fixar essa surpreendente dessemelhança. Supunha antes que quem tirara a foto usara maquinalmente as personagens para construir um primeiro plano adequado, que acentuasse a perspectiva de fim de mundo que a paisagem devastada mostrava. A serenidade insólita da criança, depois de ter despertado minha curiosidade, encarnou para mim a estranheza da cena. Foi a isso, finalmente, que acreditei atribuir o motivo de minhas reminiscências. O que essa imagem levara algum tempo para inspirar em mim, e que ela vem de tempos em tempos me lembrar, era bastante simples. Todos nós temos essa intuição e inclusive essa certeza, sem realmente nela acreditar, tanto isso nos perturba. A menininha, de mãos dadas com a mãe e olhando-a intensamente, por mais próxima que estivesse da mãe, e justamente por estar preenchida por ela, não podia de forma alguma compartilhar o que sentia essa mulher sobre a qual todo o peso do mundo acabara de cair. A dessemelhança de suas expressões revelava que esses dois seres de mãos dadas, apesar da circunstância que aparentemente as fazia compartilhar a mesma desgraça, de forma alguma viviam a mesma cena, simplesmente porque não a viam do mesmo ponto de vista. Para a mulher, a realidade era uma catástrofe arrasadora por seu cortejo de sacrifícios futuros. Para a menininha, era outra coisa; olhar para a mãe e segurar sua mão bastava para sua felicidade momentânea, chegando a lhe parecer imutável. Teria ela se sentido perdida? Teria ela ficado morta de pavor? Pouco importava. Estava novamente serena. Nada maculava sua tranqüilidade. Sua mãe estava ali. Para ela, fosse o que fosse que acontecesse com o mundo, sua mãe ainda era a soberana. Desde seu nascimento, a ordem do universo, o lugar e o sentido de todas as coisas emanavam dessa presença tutelar e reinante. Por que, naquele momento tranqüilo, teria ela ficado inquieta se, por graça daquela que presentemente contemplava, sempre se sentira preenchida?

A mensagem evidente e oculta da foto ganhava força por seu valor universal. Todos nós distinguimos no mundo, em primeiro lugar, apenas a figura da mãe. Lentamente se fizeram pressentir as difusas ameaças de um universo incontrolável. Visto que tudo parecia provir dessa provedora de tudo, bastava exercer sobre ela nosso poder para controlar o universo. Para nossa mente de criança, segurança era ela estar presente.

O prazer dos momentos de efusão com uma mãe próxima ou a tristeza sentida em seus afastamentos, nada indicam a respeito daquilo que povoa seu universo. Como, de nosso lugar infantil, ter a mais ínfima presciência das dificuldades que essa onipotente provedora pode enfrentar? Como pressentir que ela possa ter outra preocupação além de nós, que possa ter outro objeto de interesse ou mesmo de atenção? Como imaginar que às vezes tenha de suportar sofrimentos, sentir-se mortificada por eles? É essa cegueira inicial que nos fez protestar quando, pouco a pouco, ela deixou de nos parecer uma providência permanente. Descobri-la atarefada com alguma obscura atividade ou apenas distraída, ter de enfrentar suas proibições ou apenas suas irritações, não abriu nossos olhos para a quimera de nossa percepção idílica. Tínhamos tamanha necessidade dessa generosa tutela que precisávamos mantê-la. Reduzir seus poderes a proporções mais prosaicas teria acabado com nossa veneração e destruído sua soberana proteção. Sua fraqueza nos teria lançado na angústia da solidão e da perdição. De que outro modo fazer com que suas faltas e suas falhas não viessem a abolir o emblema de nosso bem, senão transferindo seu fabuloso poder para outras instâncias? Esse poder protetor ao qual era difícil renunciar, nós pura e simplesmente o substituímos!

Cada qual iniciou sua busca de suplência desconhecendo a origem utópica das sucessivas figuras que lhe garantirão a substituição da providência materna. Não faltam sucedâneos para o objeto perdido. Basta escolhê-los e com eles se conciliar. Em primeiríssimo lugar, um fetiche pode ajudar, pois, sendo facilmente controlado, proporciona o sentimento de perfeita conivência. De chupar o dedo ao urso de pelúcia, o gesto ou objeto benéfico podem assumir muitos aspectos. Por isso, nossa busca não partirá mais de um ser difícil de conquistar, mas de uma atitude mais fácil de manter. Inúmeras exigências infantis, irredutíveis durante muito tempo, encontram nisso sua razão de ser. Algumas delas se afirmarão no caráter que mais tarde imporemos ao nosso meio. Mas, com a idade e a razão (!), e, para ser breve, essa delegação de poder poderá se reportar a Deus, a um Mestre, a uma Doutrina. Será a Família, a Pátria, a Moral. Será a Ciência, a Magia, uma Disciplina. Será um ideal, um traço identificatório, um tique. Será uma droga, um sintoma, um vício. Será o equivalente de uma permanência, aparente ou secreta, às vezes desconcertante: "Para mim é insuportável ficar sem minhas angústias" valia para aquele que supostamente só conseguia manter a mãe por perto com os piores sobressaltos. Desde sempre, para esse hipocondríaco: "Sem minhas angústias, ninguém à vista!"

Sentir-se abandonado é a grande ameaça da idade mais precoce. É uma das primeiras provações. Cada bebê, incapaz por si mesmo, identifica o que lhe parece controlar o ambiente. A marca dessa situação crucial e das primeiras experiências de poder às vezes incita, para reencontrar uma serenidade de base, a recorrer a algum comportamento, hábito, modo de pensar que, pelo simples fato de existir, promove um sentimento reconfortante. Cada qual toma assim atitudes, às vezes mínimas, às vezes constrangedoras, às quais recorre para não se angustiar. Elas só aparecem como exigências quando vêm a faltar. Lembro-me de um homem que viveu com serenidade o bombardeio rasante de aviões que faziam um barulho aterrorizante, e que uma hora depois sofreu uma crise de intolerável angústia ao descobrir os restos esmagados do sifão de lavagem do qual, desde sua infância, jamais se separara. Esse objeto, o mais precioso de todos, significava para ele a melhor, senão a única, maneira de se conciliar cada manhã com o universo, o universo materno, sem dúvida. Se um de nossos necessários laços com o mundo se torna impossível, toda serenidade desaparece. Mas como saber o que isso é, antes que falte!

Quando se trata de nos tranqüilizarmos, podemos romper com o monoteísmo e temos a capacidade de nos remeter a vários registros soberanos como aqueles proporcionados pela ciência e pela religião, para apenas nomear os maiores fornecedores reconhecidos de égides sempre acessíveis. Se, por precaução, multiplicamos as proteções, ainda é preciso evitar sua incompatibilidade. A instância que tranqüiliza exige compromisso e fidelidade. Lavar as mãos e fazer a prece não são excludentes em termos de virtude tranqüilizadora. Recorrer à medicina e a um curandeiro tampouco. Mas existem espíritos cuja fé exige a renúncia a todos os cuidados terrestres. Comprazem-se em pensar suas desgraças em termos de provações divinas, com a vantagem de não poderem fazer nada além de acreditar e se submeter para não se sentirem abandonados. Podem assim dar sentido a seus sofrimentos e... ter esperanças.

A contrapartida dos benefícios de uma tutela é proporcional à autoridade invocada. Aqueles que acreditam ser preferível entregar-se à onipotência dos saberes humanos terão de se submeter a procedimentos mais ou menos severos para poder deles se beneficiar. O recurso a um pode excluir o recurso a outro. Alimentar-se de leite ou evitar bebê-lo não pode ser feito ao mesmo tempo. Do mesmo modo, anunciar a um médico que continuamos seguindo as prescrições de um de seus colegas parece colocar em perigo sua solicitude. Teremos ainda mais medo se essas prescrições lhe parecerem totalmente inócuas: "Isso ou nada!", parece ele dizer. Não é fácil perceber que a todo momento nos submetemos a comportamentos rituais para afagar os poderes que invocamos.

Uma singular cegueira nos impede de perceber o que nossos modos atuais conservam dos ardis que subjugavam uma mãe a soldo de nossas imposturas. Esse tempo passado deixou em nós lições duradouras. Assim se consolidaram atitudes decorrentes dessas primeiras experiências, compondo o caráter que impomos a nosso meio. Uma vez adultos, tivemos de justificar esses modos de ser e encontrar-lhes motivos aparentemente sensatos. Pois, com o primado da submissão ao sentido, passamos a temer menos a perda de nossa mãe que a perda... da razão. É por isso que a pessoa, cuja neurose obriga a condutas aparentemente absurdas, sente a insistente necessidade de lhes dar sentido. As culturas ditas primitivas oferecem a seus membros cosmogonias que, embora pareçam simplistas a nossos olhos, atribuem a toda aberração uma função no grupo. Mesmo demente, cada qual tem seu lugar nos arcanos de uma tradição que, com seu reino tutelar, garante a serenidade. No que se refere a nós, condenados pela sociedade a nos percebermos como autônomos, temos de viver sozinhos nossas próprias desgraças. Não atribuímos um papel reintegrador ao médico, ao padre e aos outros depositários de poder. Ainda assim, antes mesmo de sermos tratados, esperamos que o distúrbio de que sofremos seja posto sob a égide de um saber que o entenda. O médico nos transmite o ponto de vista da Faculdade, o padre, o de Deus. Em torno deles, doutrinadores de todo tipo nos propõem seus bons serviços. Há para todos os gostos. Para se beneficiar de sua tutela, basta elegê-los. Embora não nos curemos necessariamente, pelo menos não seremos mais abandonados. Peste e cólera, exterminadores de sinistra memória, faziam com que aqueles que elas tocavam escapassem a qualquer poder humano. Essas pragas deixavam os sujeitos sós diante de Deus, e, assim sendo, nem um pouco sozinhos. Atualmente os males deixaram de ser maldições celestes, mas alguns continuam escapando ao poder da comunidade humana. O reino do que parece então injusto abre para a própria perda do sentido. O sentimento de perdição diante do irremediável obriga a uma solidão permanente e insuportável. Nem sempre a mãe pode ser reencontrada!

Ao mesmo tempo em que se desenham as bases de nosso controle do mundo, nossas mães se empenham, sem sabê-lo, em nos impor um mestre absoluto. Desde nossa mais tenra idade, esforçam-se para nos submeter ao mesmo tirano que as aprisiona. Seduzidos pelas vantagens imediatas, submetemo-nos mais ou menos de bom grado e pouco a pouco aceitamos nos enfeudar a esse poder invisível e onipresente. Dóceis ou reticentes, uma vez sujeitados, foi-nos impossível escapar-lhe. Somos todos seus escravos voluntários. Esse déspota se esconde, saibam vocês, tanto atrás de minha pena como em sua presente leitura. Esse soberano, ao mesmo tempo escravizante e dispensador de benfeitorias, é O SENTIDO. Tínhamos de obedecer suas exigências para governar nossa mãe. Tínhamos de compreender o que ela esperava de nós, para continuarmos sendo preenchidos. Tivemos pois de interpretar o que a incitava a nos satisfazer, sem pensar que poderíamos estar sendo enganados pelas aparências. As mães não têm noção do que estão ensinando quando, por exemplo, nos dão o poder de cativá-las com nossos dodóis. Se nossos modos de diverti-la conseguiam agradá-la, nossos modos de inquietá-la certamente a prendiam. Se nos ver sofrer a submetia, como resistir a lhe oferecer aquilo a que ela era tão sensível? Pena que os caminhos do instinto materno não sejam profundamente impenetráveis, porque nossas primeiras experiências do mundo começam com o que parece fazer reagir nossa mãe. Como não guardar em nós o vestígio desse poder primeiro? Tomara que nossos interlocutores ulteriores não nos estimulem a reatualizar essas penosas oferendas, particularmente o analista, mostrando-se sensível demais a nossos sofrimentos, mesmo àqueles que nos levaram até ele.

Figura alegórica, a criança da foto demonstrava, com seu olhar, quanta serenidade lhe trazia o vínculo com a mãe num mundo caótico. O instantâneo surpreendera e fixara esse estado de graça que cada um de nós já esqueceu ter vivido. Ainda que, da arcaica dependência em relação à mãe, a mãe tenha sido suplantada, ficou a dependência, que não pôde ser abolida. Enigmática evocação de tudo aquilo que serve de proteção, a lembrança da foto me dizia que o objeto tranqüilizador só existe para quem o promove a tanto. Um gesto, um cigarro, um copo, levados à boca podem tomar a vez da resposta apaziguadora a um desamparo arcaico. O amor é sentido no vínculo. Ser amado por Deus é um exemplo disso, e seus indícios patentes não são mais ilusórios que os de qualquer outro amor, que a transferência revela. Quanto à Divina Providência, cada qual encontra a sua, na medida de suas crenças ou de seus saberes. Precisamos manter de mil formas uma maior ou menor confiança em inúmeros substitutos maternos para nos resguardar da angústia de sermos abandonados ao vento que sopra. É assim que nos individualizamos de modo mais ou menos feliz, segundo aquilo de que fazemos depender nosso destino. As nossas mães, porém, não eram intercambiáveis.

O AMOR SÓ SE AUTORIZA
POR SI MESMO

*O amor se extorque
tanto quanto se merece, se mendiga ou se espera.*

Aquilo que liga o amor à cópula é tão obscuro quanto o que liga a cópula à procriação. O tema ainda não foi esgotado por romancistas e analistas, pois a confusão daí resultante acaba gerando capítulos tão aventurosos como mórbidos.

Penso no estranho amálgama que reúne procriação, cópula e amor. Pergunto-me se essas três noções, diferenciadas pela evocação, podem ser compreendidas isoladamente. Em primeiro lugar, o que é o amor? Trivialidade difícil de compreender... De súbito, uma lembrança de minha própria análise desvia meu pensamento. Volta-me um fragmento de sessão vivido como decepção. A sessão está longe no tempo, a decepção, presente! Por que essa amarga reminiscência?

*

Na fase da análise a que essa lembrança me remete, eu me mostrava dos mais submissos. Dócil diante de um interlocutor que não me pedia tanto, entregava-me ao que eu imaginava fazermos em comum. A certeza de que meu analista trabalhava para o meu bem, poupava-me da preocupação com esse bem, em direção ao qual eu ia sereno, sob seu bordão tutelar. É assim que o menino pequeno se remete ao pai, até que as falhas dessa delegação tendam a dissuadi-lo. Ao longo das sessões, eu ganhara certa liberdade de fala. Para mim, meu analista era dotado de demasiada lucidez para que eu sequer imaginasse transvestir meu pensamento. Fazer de tudo para ser apreciado me parecia natural, ser dócil, o meio de consegui-lo. Nem me passava pela cabeça que as coisas pudessem ser de outra forma.

Meu analista me deixava discorrer à vontade. Certo dia – é o que minha lembrança acaba de recordar – resolvi defender com certa verve uma opinião diferente da que eu imputava a esse homem pouco loquaz. Não tenho mais a menor idéia do que estava dizendo, mas percebo, hoje, como era insólito que eu manifestasse uma dissidência que, acreditem, devia ser das mais nuançadas. Esse tom pouco habitual me foi interpretado como uma forma de agressividade. Fiquei desconcertado, quando não perplexo, ao me ser atribuída uma intenção que desmentia meu apego. Rompera com meu habitual discurso de vassalagem apenas para contentar aquele homem exigente. Poder não dizer o mesmo que ele era a prova dos progressos que ele me fizera fazer, o que deveria tê-lo agradado. A criança pequena que bate no pai o faz menos para agredi-lo do que para compartilhar com ele sua força nascente. Era para que me apreciasse que também eu mostrara minha força nascente. Ter sido percebido como agressivo me deixava desamparado. Mas isso era o de menos. O pior era perceber que meu analista não tinha me compreendido! Que tivesse podido tomar por agressão o que traduzia meu zelo, fazia-me descobrir bruscamente a dimensão utópica da unidade de nossos pontos de vista. Por mais fugaz que tenha sido, essa revelação realmente abalou a ilusão de minha aliança com ele. Revivi então o mal-estar dos primeiros desacordos com meu pai. A sessão prosseguia e eu me encontrava no cerne da situação edipiana, que abre para a angústia da solidão.

A sensação de ter sido mal compreendido produziu uma guinada na minha análise e na minha vida. Abriu-me os olhos para a convivência quimérica que eu projetava, inclusive para além do divã, sobre aqueles que me rodeavam. O produto dessa revelação ainda está presente. Que meu analista e eu tivéssemos podido dar sentidos tão diferentes ao motivo que me animava abria, ademais, uma questão que ainda não resolvi: como saber o que ocorre numa análise? Esqueci como reagi a essa interpretação no divã, mas pergunto-me hoje se, ao me atribuir uma intenção agressiva, longe de me acusar, aquele homem não me deu um grande presente. Escutar como agressivo meu discurso especioso elevava-me à categoria de um contraditor reconhecido, cuja fala não caía num ouvido indiferente. A atribuição manifestava o peso dado ao que eu dizia e, sua formulação, a preocupação com meu devir. Mas eram essas as intenções do intérprete? Foram estas as razões que o levaram a intervir daquela maneira? Será que realmente queria meu bem ou simplesmente se irritou com a tonalidade de meu discurso? Como conhecer o motor de sua intervenção e do que ela pôs em andamento na ocasião? Não pensei em perguntar-lhe. De que teria me servido escutar seu depoimento, se não podia acreditar no meu? Deveria ter recorrido à opinião de um terceiro? Como decidir qual o testemunho mais confiável no caso? Restaria ainda a questão delicada do momento em que seria mais justo fazer essa avaliação. No próprio momento ou, se uma certa distância se mostrasse preferível, no dia seguinte ou dezenas de anos mais tarde? Se nos inclinamos pela imparcialidade supostamente maior de um terceiro, como e por quem este seria informado? Essa impossibilidade de compreender, aparentemente irremediável, não impede que analistas e pacientes falem de suas análises descrevendo o que teria efetivamente ocorrido ali. Às vezes isso se faz com uma autoridade que causa espanto: "Meu analista isto" ou " Meu paciente aquilo"! A aparente factualidade dada a certos relatos seria supostamente mais comprobatória? Está exposta, ao contrário, a maiores objeções do que construções ou hipóteses.

Numa análise, analista e paciente estão envolvidos em compromissos por demais diferentes para poderem perceber a situação de maneira semelhante. Aliás, será a mesma situação? O que cada um possa elaborar não é tomado nem no mesmo registro nem com a mesma visada. Analista e paciente têm seu próprio lugar na análise. Cada um só pode entender o que está acontecendo de sua respectiva posição. E você, leitor, na qualidade de terceiro informado, depois de ter lido minha descrição dos "fatos", acredita poder decidir o que nela seria falso ou verdadeiro, e se fui realmente agressivo? Em todo caso, não venha me dizer o que você pensa agora. Isso me atrapalharia pois, para mim, não é isso o que importa, mas sim aquilo que gostaria de lhe transmitir, apenas a partir do modo como vivi a coisa toda.

Pedir a alguém para falar de sua análise, esteja ela em andamento ou terminada há muito tempo, corre o risco de acentuar nessa pessoa o desconhecimento do que ali foi operante. Esse pedido – mas quem ousaria fazê-lo? – não sugere, pelo simples fato de ser formulado, ser possível estabelecer um relato que não ficasse preso ao imaginário? Não sugeriria também, o que é mais pérfido, que a resposta poderia ser abstraída da preocupação de convencer sobre algo totalmente diferente, notadamente sobre o que é esperado dela no presente? Supor-se-ia que aquele que tem de responder não está sujeito aos efeitos atuais de sua resposta, podendo dar informações factuais. Ou então, a pergunta nada mais visa que ao conhecido "Diga 33" médico, em que o conteúdo da resposta não importa, pois apenas a ressonância brônquica está em questão.

Sabe-se que o princípio da demanda inaugural de qualquer análise de dizer "tudo o que vier à cabeça" não tem por objetivo a comunicação de opiniões. O paciente não tem de estar de acordo com a idéia que lhe vem à cabeça. É isso que autoriza o analista a se desviar do que é dito em proveito daquilo que faz com que seja dito. A emergência da fala do paciente, na forma mesma com que se modula, ultrapassa tanto seu controle quanto a ressonância de seus brônquios. Tomado pelo sentido que dá ao seu dizer, ele ignora o que conforma suas palavras. Pedir-lhe para falar de sua análise, enquanto ela se desenrola ou muito tempo depois, pode ter interesse narrativo ou psicológico, mas não psicanalítico. As pessoas que, sendo ou não analistas em formação, para se tranqüilizar, tentam encontrar alguma luz comparando suas análises e analistas, impedem a si mesmas de ver que sua experiência não se confunde com nenhuma outra e que ela só ganha sentido em sua própria mente. Quem está em análise está só no mundo, com e diante de seu analista. Nenhuma ajuda, nenhuma conivência, nenhuma salvação lhe pode vir de outrem. Vir às sessões acompanhado da mãe, da leitura de um livro ou das opiniões de um amigo caridoso mascara toda a singularidade da relação que tem de ser vivida e, assim, reencontrada. Acreditar poder obter junto aos pais a confirmação de cenas de infância, na forma como teriam ficado guardadas na lembrança deles, oculta que elas foram vividas num imaginário infantil que lhes deu peso de realidade. Se os tratamentos dos primeiros anos da prática psicanalítica duravam menos tempo é porque aqueles que a eles se submetiam ainda não tinham em mente o breviário do paciente perfeito, destinado a esclarecê-los, mas que, na verdade, hoje os confunde. Os primeiros pacientes que ousaram recorrer à psicanálise enfrentaram uma experiência marginal sem precedentes. Não sabiam ao que estavam se submetendo e não podiam antecipar o que iriam enfrentar. Não tinham de lidar com a imagem amenizada e familiar do Freud mítico que acreditamos conhecer. Tinham de lidar com as singularidades de um certo doutor Freud e com os arcanos bizarros de sua prática. O empreendimento se dava com o homem, seus defeitos, suas aspirações, sua curiosidade, suas esperanças, mais do que com uma técnica ainda longe de estar estabelecida. O que foi dito e escrito desde então teve o intuito de teorizar a situação. Hoje é preciso mais tempo para que as singularidades em presença transpareçam por detrás de uma suposta normalização da análise.

O analista, no que lhe diz respeito, por mais aberto que possa ser ao que é inconsciente no seu paciente, nem por isso consegue atravessar as zonas de sombra de sua própria implicação. Sendo assim, ambos os protagonistas comprometem diferentemente seus limites, que não são menos negligenciáveis de um lado que do outro. Inclusive, será que cabe pensar que a situação da análise sujeita mais o paciente que o analista? Em nome do que o analista reconhece o sentido do que escutou? Em sua escuta, ele não tem nada a afirmar de si mesmo? Não depende, à sua maneira, daqueles aos quais se refere para manter seu papel – Freud, Klein, Lacan, X, Y ou Z? Será fiel a uma pertença, mesmo se esta for compósita? Irá dar a si mesmo o sentimento de singularidade, se para ele isso for importante? Quererá afirmar seu domínio sobre o processo, sem perceber que este está ligado a seus modos de ver? No que tange a suas intervenções, de cuja intenção não pode fazer abstração, pode ele manter essa intenção sob controle? Será que ele quer o bem de seu paciente, caso acredite ter poder para tanto? Estaria pensando em aprofundar hipóteses, caso pretenda ser um teórico da psicanálise? Aspira ele, senão a ser admirado, pelo menos a mostrar sua competência, sua vigilância, sua arte? Vai saber! Estaria também ele tomado pela necessidade de ser apreciado, de ser amado, ou procura evitá-lo? E, nesse caso, ao que se submeteria evitando-o? Que o analista não se sinta presa de nenhuma expectativa, levantaria a questão de o que poderia levá-lo, não apenas a falar, mas a ocupar seu lugar, naquele momento preciso.

A situação analítica se pretende confidencial. Mas, na solidão do consultório do analista, ambos os protagonistas do diálogo que ali tem lugar nunca estão sós. Freud, com suas cartas, logo convocou Fliess, e mais tarde, com suas obras, convidou seus inúmeros leitores a estarem presentes. A sessão de análise afasta a presença de um terceiro. Mas, na seqüência, todos poderão ser testemunhas, por meio de um relato cuja autenticidade será simplesmente impossível verificar, sendo a razão pela qual este relato foi feito ainda menos passível de avaliação, supondo que se pense em fazê-lo.

Depois de um analista expor um caso aos seus colegas, raramente falta alguém para pensar, e pior ainda, para expor a todos como ele vê o dito caso, do qual só ouviu falar por aquele a quem nega a correta compreensão. Pode-se discordar da opção adotada por aquele que expõe, a ponto de querer denunciá-la, por que não? Mas como dar uma opinião sobre um caso baseando-se na suposta incompreensão de sua descrição? E a partir de qual ponto de vista? Um caso só tem existência psicanalítica a partir da compreensão que dele temos, e pelo papel que supomos ter nessa compreensão. Caso contrário, poderíamos acreditar que nossa mãe e a mulher de nosso pai sejam a mesma pessoa! Num relato sempre se toma uma posição, *a fortiori* num relato de caso. O que seria um relato de caso sem tomada de posição, sem a posição tomada pelo analista? Pode-se reiniciar vezes sem fim o relato de uma análise; ninguém nunca terá condições de decidir sobre sua maior coincidência com "o que efetivamente ocorreu", fórmula esta que não designa absolutamente nada de apreensível.

Para alguns, a impossibilidade de se ter acesso material ao que constituiu determinada situação de análise exclui a validade da experiência analítica. Querer tornar pública uma sessão apresentando-a por trás de um espelho falso, como foi feito na Tavistock Clinic, ou por circuito de vídeo, como se viu em Paris, é pensar que é possível apreciar o perfume das flores de um filme. Mesmo que o *voyeur* se excite vendo, ele não está no lugar dos pais. Que isso o divirta, excite ou aborreça, em nada muda a cena e o que ali está se desenrolando. Olhar ocupa em demasia para que o *voyeur* possa sentir-se implicado de outra maneira. Não tem remédio. Ver na televisão as terríveis inundações que estão acontecendo neste momento na China não molha os pés; do mesmo modo, assistir a uma sessão não permite perceber o que é estar implicado num lugar ou no outro.

O acesso à "materialidade dos fatos" é ainda mais quimérico porquanto o psicanalista só vê acontecer o que sua teoria inventa ver. Mas, no final das contas, o que fazem de diferente outros espíritos científicos mais objetivos, os físicos, os químicos, que parecem aderir à materialidade dos fatos? Não discernem e descrevem os fatos com suas definições, isto é, com modos de ver que, evoluindo com o tempo, mostram sua consistência puramente ideológica? Não venham dizer que, no caso deles, a experiência existe para confirmá-los, pois o mesmo se dá com a psicanálise. A evolução do senso crítico no interior mesmo da ciência leva teorias incompatíveis entre si a cooperar. Hoje, essa mesma ciência descobriu que não dispõe senão dos fundamentos que ela própria simplesmente inventou, como a psicanálise. Qual reivindicação latente leva, pois, alguns a defender com tenacidade o *status* científico da psicanálise, no momento em que a própria ciência reconhece uma parcela de subjetividade que, tornando-se universal, nem por isso se tornaria objetiva?

*

Perdoem-me, empolguei-me sem saber exatamente por quê. A esse respeito, seu ponto de vista de leitor poderia me interessar. Mas isso nos afastaria ainda mais dessa lembrança em função da qual eu o convoquei, e daquilo que ela veio fazer na minha reflexão. Houve quem dissesse que as tarefas interrompidas memorizam-se melhor do que aquelas levadas a termo (Zeigarnik). No meu caso, não teria sido o intenso desejo de justificar minha antiga intenção zelosa, que permaneceu em suspenso desde aquela longínqua sessão, que teria evocado esse episódio esquecido de minha análise, ainda fresco na minha mente? Isso explicaria minha veemência e minhas bravatas.

Mostrar-se briguento para ser amado, eu devia ter pensado nisso! Do divã que liberava minha fala, meu discurso sedicioso pretendia ser um meio de agradar. O modo como fora recebido me deixara consternado. Estava muito espantado de perceber que minha intenção fora totalmente mal-interpretada. Sem dúvida, ainda hoje continuo espantado! A amarga decepção dessa iniqüidade teria permanecido dentro de mim, fora do tempo, na esperança de que por fim me fizessem justiça? Estaria eu esperando secretamente uma espécie de reabilitação, apesar do caráter risível de tal exigência? Imagino que você que está lendo meu livro também tenha, em sua história, algum desses mini-infortúnios, com que tenha tido de lidar: promessas não cumpridas, injustiças flagrantes, amor-próprio ferido... e que ainda hoje lhe voltam dolorosamente à mente. É claro que, depois desses, todos nós enfrentamos muitos outros. Mas, se o aperto ainda está aí, o que fazer? Como acabar com uma dor persistente senão empenhando-se para que seja reconhecida? Portanto, perdão, caro leitor, talvez seja você que o retorno de minha lembrança teve a esperança de requerer para esse fim, já que posso apelar a você para todo tipo de projeto, mais ou menos confessável (como aquele de querer se fazer apreciar, por exemplo). No momento em que me preparava para redigir algumas reflexões sobre o amor, e mais particularmente sobre seus modos, eis que ressurge na minha mente essa longínqua sessão totalmente esquecida. Não será este texto a ocasião esperada para fazer reconhecer o amor que minhas contestações tendenciosas queriam demonstrar? Se, impedido pela decência mais elementar, eu tivesse renunciado a dar tanto espaço à minha lembrança e a tivesse afastado da mente, assim mesmo teria escrito um texto sem suspeitar do motivo que o inspirara. Com certeza, nem eu nem você o teríamos adivinhado. Mas talvez eu tivesse obtido seu sufrágio de qualquer forma, desde o instante em que imaginei tê-lo persuadido de que tudo é legítimo para se fazer amado. "Na guerra e no amor, todos os golpes são permitidos."

Do que tentam convencer aqueles que se dão ao trabalho de escrever e o que é que os incita a fazê-lo? Quem tira proveito do escrito? Quem tira proveito dos gritos? As tentativas de corrigir antigos erros de cálculo estão na origem de muitos atos compensatórios. Não nos faltam desejos insatisfeitos esperando sua hora de glória. Talvez seja um simples lapso que, numa telescopagem temporal, venha a acertar a conta ainda pendente, ou um ato dito ato falho, no sentido de que ignora o objetivo daquilo para que ele justamente não falha. Quantas contas pendentes muito antigas não lastram as condutas que dão sentido e coloração à nossa vida? Como, fora do registro da análise, perceber o conjunto das inesgotáveis obstinações que escoram nossa vida psíquica?

Quando o que fazemos, dizemos ou pensamos nos convém, reivindicamos seu caráter voluntário. Isso nos compromete e nos afirma. Às vezes temos inclusive motivos para nos orgulhar das conseqüências do que somos levados a fazer. Assim sendo assumamos! Se, ao contrário, nossos modos de fazer, de dizer ou de pensar não têm a sorte de nos convir, rapidamente nos dissociamos deles: "É mais forte do que eu!" Tornam-se um sintoma! Essa preciosa diferença sempre está presente quando alguém tem de decidir se é algo que quer ou algo a que é obrigado a se submeter. Em análise (e fora dela, evidentemente) aparecem muitos comportamentos neuróticos dos quais aqueles que são seus joguetes não se dissociam e nem sequer cogitam em se queixar. Só nos sentimos vítimas quando nossos defeitos nos incomodam, não quando eles nos convêm.

Parecia-me inteiramente óbvio que, naquela sessão longínqua, eu me mostrara agressivo para amar e ser apreciado. Para certas pessoas, apenas os esforços tornam o amor merecido; para outras, ao contrário, importa sobretudo não fazer nada:

"Se fosse merecido, não seria amor! A única prova de que me amam é que me suportam." Para outras pessoas ainda, basta causar inquietação para conseguir aquilo a que aspiram. Para estas, não há necessidade de agredir, de se queixar ou de pedir, basta sofrer para se acreditarem amadas. Coitadas, como poderiam melhorar sem se exporem ao risco de deixar de serem amadas? Que vida dura! Quanto àquelas que precisam de aprovação para se sentirem amadas, elas nunca o são o suficiente. Os "não é mesmo?" que acrescentam repetitivamente aos seus dizeres o comprova.

Essas modalidades não são delírios; foram aprendidas na ótica singular do tempo da infância. Recebíamos o máximo de atenção quando estávamos sofrendo. "Dá-me sofrimento que te darei amor", indicava-nos sem querer nossa mãe quando, inquieta, inclinava-se com afeição sobre o filho doente que todos nós fomos algum dia. A ambigüidade da palavra "afeição" [*afecção* e *afeição* provêm do latim *affectione*] encontra aí uma parte de sua origem? E o que não terá instaurado essa mãe quando acreditou ter de admirar o conteúdo de nosso penico? Ao ceder aos nossos caprichos, às nossas cóleras, não nos estava ela ensinando como capturar, reter e obter? O que dizer daqueles por quem as pessoas só se interessavam quando eram "insuportáveis"? Como foram criados e a que foram reduzidos, à sua revelia, para continuar a obter um ganho que só poderá lhes retornar sob uma forma muitas vezes pouco agradável? Quanto àqueles que só conseguiram chamar a atenção de pais indiferentes provocando violentas reprimendas, não estarão fadados a se fazer maltratar para ter a sensação de existir, e pior que isso, será que conseguirão se amar sem ser através das críticas que fazem continuamente a si mesmos? Existem também aqueles que só conseguiam chamar a atenção se o amor não era possível, promovendo a discórdia ao seu redor. Quantas carreiras de semeadores e semeadoras de cizânia nasceram dessa forma! Não nos esqueçamos daqueles que tanto ouviram falar do irmão ou da vizinha mortos, de repente retratados como seres perfeitos e "que amávamos tanto": será que precisam morrer para serem apreciados? E aqueles que querem ser amados pelo que são, será que devem evitar dar qualquer prazer à mulher para ter a sensação de que é por amor, e não por ela, que ela fica com eles? Aquilo que parece ter constituído a resposta a nossos primeiros pedidos de amor pode ser reivindicado, e imaginariamente obtido, de todas as formas imagináveis.

Como deplorar ou meramente avaliar a forma que dá a cada um o que ele espera no registro que melhor lhe fala? Assim, renunciar ao prazer pode parecer dar direito a ele. O amor cortês representou o mais alto grau de renúncia para obter... sabe-se lá o quê! Não mais gozar para ser amada, marca o destino de mais de uma mulher. Paradoxalmente existem também aqueles que se sentem gratificados pelo desamor. Perguntem às crianças, apropriadamente denominadas mimadas, se o fato de as tratarem tão bem é tão bom para elas, e experimentem propor-lhes uma análise para tratá-las bem! Talvez, mesmo sendo analista, você seja daqueles que acreditam que quanto maiores forem suas dificuldades, mais elas são dignas de mérito, pelo menos aos olhos delas. Pois – vale notar de passagem –, para se auto-apreciar impõem-se os mesmos procedimentos que para querer ser apreciado pelos outros. A forma como pode ser representado o perfeito cumprimento de um dia para o laborioso, para o turista, para o contemplativo, para o colecionador de caixas de fósforo, para você, para mim, mostra que subestimamos a diversidade daquilo a que cada um está submetido para sentir o que ele nem mesmo sabe reivindicar. Simplesmente, a gente pena, sofre, se sente agredido... O que não se tem de fazer em nome de um amor que ignora até mesmo sua forma?

Como esperar trazer à tona o que, no transcurso do tempo, estabeleceu nosso senso dos valores? Quem pensa de outra maneira é porque transfere de outra maneira. O colega que faz questão de tornar público que não concorda com o que acaba de ser exposto cede à necessidade de dizer em alto e bom tom que não escuta as coisas com o mesmo ouvido. E daí? O que ele propõe incorre na mesma rejeição. Aquilo que se faz questão de expor a seu próprio respeito para ser apreciado responde a modos bem arcaicos. É fácil perceber a dimensão caricatural que os outros podem dar às suas próprias produções. Longe de nos esclarecer sobre as nossas, isso reforça em nós, por reação, unicamente aquilo que, a nossos olhos, merece consideração e amor.

Será possível codificar o que deveria ser o amor dado ou recebido? As respostas sensatas em torno das quais poderia haver consenso mascarariam as opções que mantêm em cada um sua força secreta. No presente dos discursos que só o analista tem o privilégio de escutar, a verossimilhança, a extravagância, a estranheza pouco importam em comparação com o que as embasa: conseguir ser reconhecido e amado pelo que se diz, ou apesar do que se diz. O vertiginoso descentramento que o analista efetua situa o sentido de qualquer fala na sua finalidade subjacente. A demanda de amor é uma das molas secretas de nossos modos de ser e de nos manifestar. Toda a técnica analítica repousa nessa intuição decisiva de Freud, que cada análise confirma: o discurso associativo está a serviço de uma demanda atual, isto é, a serviço da transferência. Essa demanda pode adotar a forma de uma exigência, de uma prece, de uma adjuração, de uma reivindicação, de uma imposição, de uma extorsão, de uma chantagem... É esse objetivo secreto que esclarece certos comportamentos enigmáticos situando-os "além do princípio de prazer". Distantes do masoquismo ou do sadismo que aparentam ser, os modos de nos fazermos amar repetem indefinidamente o arcaísmo que os instituiu.

Agredir, sofrer, atormentar, satisfazer, esforçar-se, contrariar, submeter, ausentar-se, desfalecer, semear a discórdia, calar-se, submeter-se, ser gentil, renunciar... O amor se extorque tanto quanto se merece, se mendiga ou se espera. Aquilo que, em seu nome, cada qual inflige aos outros ou a si mesmo, sempre lhe parece legítimo. O amor é o crime perfeito!

A ABERTURA

*"No divã, como no amor,
para mim o que conta
é o que não posso dizer."*

O divã do analista "abre"[1] para uma estranha aventura. Livre de toda censura, a linguagem ali se desnatura. A fala se transfigura. O que se enuncia é impostura. *Eu* está em cada expressão. Tudo é conjetura. Mesmo o silêncio sussurra.

Falar no divã é enunciar palavras sem apreender o que as faz vir. Leigo ou douto, o falante não pode se eximir do que formula. O que exprime revela o que ele se arroga e o que se proíbe, o que o solta e o que o prende. Ao falar dessa maneira, ele não percebe nem aquilo de que foge nem aquilo que ousa. Nem para onde vai.

O psicanalista, de forma geral, dá mostras de uma escuta curiosa. Sua tradicional fórmula, de que se deve "dizer tudo o

---

[1]. Sobre a comparação freudiana entre o tratamento analítico e o jogo de xadrez, ver: "Sobre o início do tratamento" (1913) in *Obras completas, Standard Edition*, Imago, Rio de Janeiro, vol. XII.

que vem à mente", não reflete nenhum indício de sua expectativa. Essa diretriz – não diretiva – é simples de expor e de compreender. Paradoxalmente, sua ausência de restrições a torna, a longo prazo, tirânica a ponto de não poder ser seguida. Nem por isso deixa de ter um papel decisivo. Por mais utópico que seja, esse começo de conversa regulamenta a análise. Formalmente enunciado ou tacitamente acordado, ele é o tempo organizador da situação. Sem ele, não seria possível apreender a dimensão inconsciente da fala.

Como essa palavra de ordem, aparentemente bastante ingênua, pode ter um efeito descomunal em comparação com sua banalidade? Como essa demanda irrealizável é suficiente para estabelecer e reger a relação entre os dois protagonistas da análise? De onde provém seu poder de comprometê-los com sua tarefa, atribuindo-lhes papéis fora do comum? O que é que torna essa simples senha tão determinante? Como uma simples diretriz tão singela conseguiu garantir a fundação da psicanálise e continua a governar os princípios de sua prática?

Banalizada por seu uso consagrado, a regra que abre o tratamento analítico mascara o que sua intuição representou de genial. Sua instauração revolucionou a abordagem clínica das "doenças nervosas". A prescrição de expressar tudo o que lhe vinha à mente autorizava o doente a romper com a litania de suas queixas, a mentir, a divagar. Mas, ao mesmo tempo, isso colocava à prova sua capacidade de fazer uso da "liberdade" que lhe era concedida. O procedimento tinha por efeito revelar a censura em ação na fala e, por meio disso, o mecanismo de sua neurose. Era uma revolução completa. Até então, a atenção dirigia-se para os sofrimentos e os queixumes. As queixas eram consideradas o objeto da demanda, e não a forma de uma fala quebrada. A psicanálise inovou ao se descentrar do que era enunciado para se voltar para o que não era enunciado. Apreender o que entravava a fala revelava-se mais frutífero do que extorqui-lo, nem que fosse por meio da hipnose. Ademais, a virtude da associação livre consistia em fazer aparecer o que a impede de ser livre. Para instaurar essa técnica – que sem dúvida foi preciso inventar e experimentar – foi preciso a iniciativa, realmente pouco convencional, de se desviar dos sintomas a ponto de abandonar qualquer pretensão de apaziguamento. Essa atitude, cuja concepção já era difícil, também tinha de ser imposta. Mesmo hoje, quando ela é bem compreendida e reconhecida, ainda é um desafio para o analista conseguir se distanciar da queixa, pois tem de suportar a pressão que o sofrimento tenta impor sobre a finalidade do tratamento.

É o fato de ser irrealista que confere à regra uma parcela importante de seu poder. Como ela não pode ser aplicada *stricto sensu*, ela esconde o que constitui sua virtude. A partir do momento em que ela é enunciada, a relação dos locutores com as leis usuais da fala se vê totalmente remanejada. A função essencial da linguagem – interpelar – se vê desnaturada. Para ambos os protagonistas, falar e escutar já não se relacionam mais com a lei comum. Cada um deles vê sua fala posta a serviço de uma função específica. Para o paciente, falar não enuncia mais uma vontade de dizer, mas apenas testemunha pensamentos que lhe ocorrem. A obrigação de tudo exprimir faz com que sua faculdade de apostrofar e de interpelar se veja abolida. Pelo singular poder dessa diretriz, sua fala deixa de ser apenas a transmissão de uma seqüência de pensamentos. Tudo o que o paciente possa declarar está fadado a ser apenas uma simples modalidade de resposta à regra. Esta o desvinculou de seus dizeres. Toda intenção desaparece de seu discurso, que é espoliado de qualquer visada deliberada. Despojada de qualquer desígnio voluntário, sua fala, em compensação, se vê diante de um campo ilimitado. Na infinidade de todos os pensamentos possíveis, o fluxo daqueles que surgem fará o falante aparecer deslizando com maior ou menor felicidade entre seus próprios interditos. "Quando lhe falo, sinto-me em confiança, não em segurança."

Por mais surpreendente que isso possa parecer, a regra não permite nenhuma defesa. Retorquir "Não!", ou até calar-se diante do "Diga tudo o que lhe vier à cabeça" continua sendo uma maneira extrema de reagir à regra. Não importa como tente ab-rogá-la, o paciente não tem alternativa senão sofrer-lhe a influência e comprovar contra a própria vontade o que o faz falar ou calar. Em compensação, a regra o desresponsabiliza de toda implicação na emergência de seus pensamentos, excluindo da expressão destes qualquer intenção. Mesmo quando o paciente quer assumir o que diz, nenhuma intenção lhe pode ser imputada. Suas palavras, endossadas ou não, são reduzidas a simples associações ligadas à relação vivida por ele no tratamento. Por isso, a regra fundamental concorre diretamente para a constituição da neurose de transferência, possibilitando o aparecimento das figuras que induzem o desenrolar das palavras. Não tendo o paciente de obedecer a nenhum interdito de expressão, ele revelará aqueles que ele mesmo se impõe para evitar a angústia. "No divã, para mim, falar tem mais a ver com escaramuça do que com confidência."

Considerando-se o extraordinário alcance de seus efeitos, a sobriedade da regra é surpreendente. Não é desconcertante pensar que, no convite que o analista faz ao seu paciente para que enuncie todos os pensamentos que lhe ocorrerem, ele não faça nenhuma alusão a uma exigência de verdade, e tampouco aos temas a serem abordados? Por isso, para aquele que está em análise, a validade da palavra reside apenas na coincidência entre seu dizer e o que nele se pensa. A veracidade só implica a exatidão dessa concordância: "Não espere que eu faça da minha franqueza um espetáculo de sinceridade!" Mais curioso ainda é o fato de que o paciente nem mesmo tem necessidade de obedecer plenamente à regra para que seus efeitos apareçam, pois faltar a ela concretiza o que, em determinado momento, o dissuade de fazê-lo. "No divã, como no amor, para mim o que conta é o que não posso dizer."

Por que a exigência da regra é irrealizável? O que é que torna diabolicamente impraticável a obrigação de comunicar tudo o que vem à cabeça? Aparentemente não há nada mais simples do que seguir o curso dos pensamentos e revelá-lo, pois a regra tem por efeito absolver de antemão o que vier a ser enunciado. O medo de se exprimir revela uma solidariedade secreta do falante com o que dele surge, como se ele soubesse que não é à toa que as idéias lhe ocorrem do modo como lhe ocorrem. Muitas vezes é uma aparência anódina, mais que um conteúdo constrangedor, o que torna penoso confessar um pensamento. É preciso tempo e disciplina para se submeter a não calar idéias insignificantes, sem dúvida devido ao temor de que seu surgimento fale infinitamente mais do que sua mensagem aparentemente inofensiva. Por que os meandros do pensamento seriam tão difíceis de exprimir, se não fosse porque pressentimos que estão a serviço de alguma finalidade inconfessável? A simples hesitação que o inopinado ou o fútil podem provocar revela uma pressão culpada que a clemência implícita da regra mal deixa passar. "Só digo isto porque tenho de dizer tudo" é uma justificativa corrente, mais defensiva que fundamentada, pois a regra não apenas oferece liberdade, mas a impõe.

Comprometido pelo maquiavelismo de sua injunção preliminar, tampouco o analista escapa à sua tutela. Após tê-la formulado, evidentemente não é lícito que trate o que escuta como uma fala banal. Escutar o que lhe dizem ao pé da letra não significa tomá-lo como tal. Se o fizesse, o analista correria o risco de se ver recolocado em seu lugar de analista. Freud conta que um de seus pacientes, um rico industrial, comunicou-lhe, em sessão, o desejo de tornar-se analista, chegando a esclarecer que poderia vender suas fábricas e começar estudos de medicina. Sem dúvida, por considerar a intenção inoportuna, Freud propôs ao seu paciente que adiasse o projeto. Escutou, então, o paciente retorquir que dizer o que vem à cabeça não é relatar projetos, menos ainda decisões. A função do analista o leva a nada mais ser que intérprete, mesmo quando possa se sentir interpelado, ou até apostrofado da forma mais intensa.

Iniciar uma análise é, tanto para o analista como para o paciente, ver imediatamente toda fala ser posta a serviço do tratamento. Nada do que venha a ser dito, de um lado e de outro, poderá escapar àquilo cujo advento a regra suscitou. Isso não quer dizer que seja impossível sair do âmbito desse tipo de fala. Não só não é impossível como é um risco permanente, tanto a função que a regra impõe às palavras é exorbitante das trocas habituais. A "passagem ao ato", sob a forma de um agir entre as sessões, é uma tentativa do paciente de reencontrar a parcela de intenção que a regra retirou de sua fala e que ele quer que o analista reconheça. Este poderá facilmente reintegrar esse ato como dizer, porque é por meio de palavras que é informado sobre eles. Ao contrário, o "agir" em sessão se apresenta como o substituto de um dizer. Por isso é mais difícil recolocá-lo no âmbito do tratamento, pois o que *traduz* não é verbalizado. Se o analista não conseguir tomar esse agir como um elemento de discurso decorrente da regra fundamental, concorrerá, mesmo contra a sua vontade, para tornar o paciente solidário de seu ato, às vezes até mesmo de seu dizer sobre o ato. Destituído de sua função de intérprete, portanto de seu poder específico, o analista terá de administrar por métodos ordinários uma situação conflituosa que ele mesmo terá, contra a própria vontade, banalizado quando não agravado.

Os usuários da fala que todos somos, geralmente sobreestimam o controle que acreditam ter sobre o que dizem. Preso ao que seu discurso formula, o falante acredita expressar o que exprime. Poderá fazer uma apreciação mais justa do que está em jogo quando for confrontado com o desprazer de ter sido mal compreendido. É intolerável que o sentido e o alcance do que se diz estejam à mercê do que o interlocutor faça com nossas palavras. Tampouco é aceitável sentir que, quando se fala, sempre se diz mais do que se acredita dizer. É preciso deitar num divã para admitir que o que se exprime pode ultrapassar o que se imagina dizer. A arte do analista consiste justamente em fazer aparecer, para além do conteúdo do discurso que lhe é endereçado, o que o surgimento desse discurso implica. Ora, esse mesmo analista, mesmo que esteja muito acostumado a escutar esse duplo registro, é levado, como todo falante, a considerar ingenuamente suas intervenções como portadoras apenas do sentido que ele quer e acredita expressamente lhes dar. Ainda que aceite que suas próprias palavras digam mais, não teria como ter domínio sobre o que sua emergência revela. O paciente, que está à espreita de todos os sinais provenientes da poltrona, vai calcular as razões do surgimento da interpretação que lhe é endereçada. Como, sobre o fundo de silêncio que geralmente lhe é contraposto, não ficaria ele atento ao que faz o analista reagir? Este não ignora esse fato; sabe, por exemplo, que, se mostrar interesse pelos sonhos, corre o risco de escutá-los à saciedade. Será que isso lhe permite avaliar que a atenção que manifesta por determinado sofrimento ou angústia será percebida como sinal de interesse e como solicitação para que o paciente continue lhe fornecendo mais? É difícil perceber que muitas vezes colhemos o que inocentemente contribuímos para fazer surgir. Essa candura inopinada que ameaça todo analista decorre da certeza quimérica e impossível de achar que, quando é ele quem fala, ele apenas comunica o sentido explícito de sua intervenção. Devido à sua posição, é mais fácil para o paciente discernir que falar destina-se a obter uma reação do interlocutor por meios que às vezes se assemelham à chantagem ou à mendicância. O paciente é ainda mais sensível à emissão da interpretação, pelo fato de que a espera justamente pelo sentido que virá a atribuir à sua ocorrência. Toda intervenção manifesta uma intenção do analista a seu respeito, cujo sentido imaginário irá eclipsar o conteúdo expresso. Nada pode impedir o paciente de sentir a fala do analista como o resultado de ter conseguido interessá-lo, emocioná-lo, quando não incomodá-lo. Poderá traduzir uma intervenção do analista relacionada com a transferência como "Gosto que você fale de mim!", ou outra que coloca em cena algum dos genitores como uma desaprovação: "Me incomoda que você fale mal de sua mãe!" A interpretação não pode evitar ser escutada na projeção transferencial do paciente, com um sentido que apenas irá confirmar a "realidade" do que ele imagina do analista. Por isso pode-se dizer que toda interpretação sempre se refere à transferência, pois é esta última que induz o modo como a interpretação será acolhida. Por mais clara que possa ser sua fala, o analista não pode controlar o que será escutado, e disso dependerá seu sentido e seu efeito. Nunca será demais para o analista meditar a esse respeito.

O divã do analista abre para a estranha aventura de dois falantes que procuram se escutar sem se ver. A posição, atitude e exigências deles diferem devido à disparidade que a regra introduz na relação deles com a fala. O caráter desmesurado do que pode advir entre eles, que se poderia qualificar de artificial, revela, de fato, a dinâmica inconsciente que rege as relações humanas e escapa a qualquer outro modo de apreensão.

Fora do campo da regra analítica, não é o inconsciente que se faz escutar, é o real!

"A VERGONHA ME HABITA!"

Tenho vergonha de te dizer que te amo.

A vergonha faz parte dos valores que são ensinados desde cedo. Aliás, não sem muito penar. Quantos: "Você deveria ter vergonha" não nos são servidos para o nosso bem, a fim de nos livrar de nossa inocência primeira. No entanto, os pais, que inculcam à força esse sentimento, nem suspeitam o "bem" que a humilhação que nos estão infligindo encerra. Você, eu, tomados de vergonha em determinadas ocasiões, tampouco sabemos discernir o proveito que podemos tirar do que parece, antes, vir nos acabrunhar. É que a vergonha tem uma virtude oculta, que o divã coloca em evidência.

A obrigação de dizer tudo o que vem à cabeça durante a sessão tem por objetivo fazer sobressair o que organiza o surgimento das idéias e o que rege sua expressão. Com uma espantosa economia de meios, essa regra permite discernir as instâncias que presidem à elaboração da fala, por meio dos meandros que elas lhe impõem. Sabe-se que não faltam entraves à expressão. Da inconveniência ao absurdo, diversos pretextos impedem o paciente de se conformar à diretriz inicial. Silêncio, hesitação, divagações, subterfúgios de todo tipo revelam as resistências a comunicar o que, no entanto, a mente deixou aparecer. Essas reticências têm o mérito de indicar aquilo a que o recalcamento obedece. Entre tudo o que tende a reduzir a liberdade de expressão, a vergonha parece ocupar um lugar importante. Na realidade, a vergonha engana, pois essa aparente barreira tem um efeito mais de liberação do que de entrave, no sentido de que exprime o que ela própria colore.

Ter de comunicar o que vem à cabeça coloca à prova a legitimidade de pensamentos, que, por outro lado, parece ser natural ter em segredo. Ter de dizer tudo faz aparecer uma instância repressiva, surgida não se sabe de onde. Quem fala em análise sabe que não está ali para expor opiniões ou entregar-se a confissões. Simplesmente tem de relatar o que lhe atravessa a mente, com o que, aliás, não tem qualquer obrigação de estar de acordo, nem quanto ao fundo nem quanto à forma. Porém, a um determinado pensamento que lhe ocorre, ele acredita ter de acrescentar algumas modulações ou uma surdina para poder comunicá-lo. Ao ter de exprimi-lo, sente-se solidário com o que lhe passa pela cabeça e pode querer diferenciar-se dessa idéia para dar de si uma imagem conveniente (!). Apesar da liberdade que lhe é outorgada, esforça-se em conformar seus pensamentos a certo número de coerções, sem saber muito bem quais nem por quê. Sem ter qualquer suspeita sobre quem possa ser o destinatário de tais esforços, empenha-se em fornecê-los e às vezes inclusive em mostrar que os fornece. Apesar da licença para exprimir-se que lhe é, não só oferecida, mas imposta, orna seu discurso de ínfimas reticências ou amplas omissões. O paciente, ao disfarçar certos pensamentos, ou mesmo guardá-los para si, manifesta que os reprova, pois não pode "confessá-los" tal como surgiram. Essa intenção significa que ele os recusa, recusa cujo único sentido é desmentir a vontade de tê-los. Poder dizer tudo é uma liberdade difícil de usar sem reticências.

Do lado do analista, a regra abala o sentido e o alcance da mais mínima palavra. Prescrever ao paciente exprimir tudo o que lhe vem à cabeça exclui a possibilidade de avaliar o fundamento do que é dito. O que o paciente formula convém necessariamente, sem dizer a quê. Não se pode esperar outra coisa dele senão o que diz. O alcance analítico de seu discurso reside menos no que ele proclama do que no que o faz surgir como surge. As reticências não se destinam a esconder o que ocultam, são em si mesmas o que surge. Se o paciente chega a calar o que pensa, não dissimula o que não exprime, e sim mostra o que o amordaça. O que o discurso analítico transmite é menos o conteúdo da fala, sua coerência ou sua veracidade, que o objeto de sua emergência e o uso que lhe é dado: expressão ou dissimulação. Acreditar ser possível dar um alcance analítico a tal ou qual formulação em si, ou traduzir um sonho fora do contexto de seu relato, tem tão pouco sentido quanto especificar uma distância sem relacioná-la com uma origem. Quer se trate de uma lembrança distante, de um protesto atual ou de algum dito espirituoso, o que interessa ao analista é o que enunciá-lo ou eludi-lo expressa naquele momento da sessão ou do tratamento. Assim como avaliar a verossimilhança ou a decência do relato de um sonho seria ridículo, o que a análise apreende nos elementos de um discurso é o determinismo de sua determinação.

Pronunciada, toda fala é, por isso mesmo, portadora de expectativas tácitas que, quando percebidas, lhe dão um objetivo inesperado. Se a função da fala é ser o veículo das palavras que enuncia, em sessão ela é para o analista, antes de mais nada, mensageira de desígnios implícitos. Seja o que for que venha a ser dito ou calado, o que importa é o que é virtualmente esperado ou temido. Empregar o vocabulário dos pais ou cuidadosamente evitá-lo encarna um procedimento que não precisa ser verbalizado de outra forma para exprimir submissão, distância ou revolta. Para o analista, discernir o peso da situação a partir do que surge na cabeça do paciente e na sua própria (quando consegue) é, definitivamente, estar à escuta da dupla expectativa imaginária que preside à situação.

A hipótese decisiva de Freud, que explica sua regra, é que o que vem à mente em sessão está a serviço do presente. Quando o paciente traduz seu pensamento em palavras, está menos preocupado com o reconhecimento desse pensamento que com ser reconhecido através dele; daí, às vezes, sua vontade de calá-lo, deixando isso mais ou menos claro para ser reconhecido através dessa contenção. Desde a infância, todos aprendemos que existem coisas que não se devem dizer, nem mesmo pensar. Perceber no discurso do paciente a obediência a essas interdições aprendidas permite discernir o objeto transferencial a quem sua fala está dedicada. O que guia o analista nessa tarefa difícil é a presunção do que é esperado de tal expressão ou de seu escamoteamento.

Voltando à vergonha em sessão, sua menção importa menos como evocação de um sentimento experimentado que como comunicação de uma significação particular dada à fala. Toda linguagem gira em torno de convenções e usos. Todos, desde a mais longínqua infância, estamos submetidos às convenções verbais que nos permitem comunicar. Essas convenções, às vezes penosamente aprendidas, têm suas partes culturais e neuróticas misturadas. Quando um homem exprime seus pontos de vista mais pessoais, aquilo que constitui a substância mesma de sua intimidade torna-se, para poder ser comunicado, um assunto coletivo. As opiniões singulares de um zulu são zulus antes de serem pessoais. Quando o paciente tenta afastar ou até calar certos pensamentos, só desobedece à regra para respeitar as zonas de interditos culturais e pessoais de que é o portador. No entanto, poderá transpor esses sacrossantos limites graças a alguns subterfúgios. Entre os mais evidentes encontram-se o lapso e o chiste. À sua maneira, a vergonha faz parte desses salvo-condutos da linguagem.

Freud mostrou de forma primorosa que o que é recalcado freqüentemente retorna à consciência por intermédio da denegação. Quando o que está recalcado se aproxima da consciência, encontra o que o interdiz. O que vem à mente poderá se fazer aceitar sob a forma de sua rejeição. O objeto da denegação é pensável porque adota a forma de sua recusa. A vergonha se oferece como uma variante matizada desse procedimento. A menção da vergonha de ter de comunicar um pensamento permite enunciá-lo, sem ser pela denegação que o recusa, graças à condenação implícita na confissão dessa vergonha. A vergonha é um modo de expressão que autoriza dizer coisas que, sem ela, seriam intoleráveis. Um exemplo banal desse uso é: "Tenho vergonha de dizer que te amo." Ao contrário da provocação que subjaz à expressão de certos pensamentos, a vergonha exprime uma submissão ao julgamento atribuído ao outro. Portanto, ela não é tanto um estado de alma como uma modalidade que permite, simultaneamente, submeter-se a um interdito e transgredi-lo. Tanto é verdade que a vergonha garante a liberdade de expressão que ela pode até querer ser perdoada: "Tenho vergonha de ter vergonha."

A denegação, tão destacada pela psicanálise, é um meio de expressão bastante difundido, devido à engenhosidade de sua ambigüidade. Parece impossível prescindir desse mecanismo, mormente quando nos sentimos obrigados a proferir refutações para afirmar nossa identidade. Essas denegações cumprem a tarefa de proclamar explicitamente a ausência de certas tendências em nós. Mas qual a necessidade de desmenti-las se elas não existem? Para o analista, a denegação é um modo particularmente discreto de afirmação. Não se deve confundir negação e denegação, que é uma declaração um tanto solene, não solicitada e, por isso, significativa.

Lembro-me de um homem que, em várias ocasiões, provocara minha surpresa declarando em momentos inopinados, que só mais tarde revelaram seu verdadeiro alcance: "Nunca penso na morte de minha mãe." Não pensar na morte da mãe é bastante banal em si, declará-lo expressamente o é menos, e menos ainda se a mãe não estiver morta. Presente sob a forma da declaração de sua falta, esse não-pensamento era sem dúvida um pensamento. Sob a forma de seu desmentido, ele evitava apresentar-se como um discreto desejo de morte. Mais tarde, esse paciente veio a substituir a menção de "Nunca penso na morte de minha mãe" pela confissão "Tenho vergonha de pensar na morte de minha mãe", o que representou uma etapa rumo ao reconhecimento do sentido que esse pensamento implicava. Caso houvesse um interdito mais pesado, a morte da mãe simplesmente não poderia ter sido evocada, nem mesmo como não-pensamento. "Diz-me em que não pensas e te direi quem és!", poderia ser o lema do analista.

Os efeitos da culpa são bem diferentes dos da vergonha. Dizer: "Sinto culpa por pensar na morte de minha mãe" enuncia um voto pouco disfarçado, ao passo que "Tenho vergonha de pensar na morte de minha mãe" não aceita o anseio subjacente, declara-o não desejado e o condena. A vergonha serve portanto para desassociar, nos casos em que a culpa, ao contrário, compromete. "Tenho vergonha de minha vergonha" é uma declaração que, redobrando o procedimento, enfatiza o que preside à vergonha. Essa declaração designa a vergonha como um tanto desonrosa, dado o recurso a esse artifício de expressão. Essa autocrítica atualiza a dependência atual em relação ao interlocutor, que supostamente considera desprezível a existência da vergonha, pois ter vergonha seria bajulação.

Na sua primeira sessão, um funâmbulo da vergonha, depois de um silêncio longo o suficiente para expressar seu mal-estar, apresentou-se assim: "Se eu tivesse de resumir meu caso, diria: A VERGONHA ME HABITA." Mesmo para o menos experiente ouvido francês[1], isso exprime muito em pouquíssimas palavras.

Em análise, a vergonha certamente nem sempre é sexual, pois nada mais é que um matiz da expressão. Acontece que o registro sexual é objeto de tantos interditos que a vergonha muitas vezes pode ser de grande ajuda na sua evocação. A coisa é tão banal que não engana ninguém, e a vergonha a propósito de sexo às vezes ainda diz demais para poder exprimir-se sem subterfúgios. Uma paciente, de personalidade dominada pela angústia, apresentava alguns traços fóbicos tenazes, mas de aparência discreta. Entre outras, ela tinha a particularidade de só poder acender o cigarro com fósforos, o que não passava despercebido quando lhe ofereciam fogo com um isqueiro (*briquet*), como todo sintoma neurótico que se preze. Esse preconceito aparentemente bastante leve permaneceu incompreensível até

---

1. O autor refere-se à assonância entre *La honte m'habite* (A vergonha me habita) e *La honte, ma bite* (A vergonha, meu pau). Evidentemente, este duplo sentido só pode ser escutado em francês. Ver abaixo mais reflexões do autor a esse respeito. (N. da T.)

o dia em que uma palavra, evocada de tempos em tempos como impronunciável, pôde ser enunciada sob a alta proteção da "vergonha de confessá-lo". Essa palavra, banal, esclareceu a história dos fósforos deixando ainda obscura, por algum tempo, a origem de seu poder. Essa palavra era a banal palavra "imbricado (*imbriqué*)". Sua assonância explicava o mal-estar diante da oferta de "*un briquet*", proposição que punha essa mulher "num estado estranho", que tinha ressonâncias com a palavra vergonhosa. A lembrança da cena que presumivelmente se encontrava na origem dessa fobia retornou mais tarde, sob a forma de uma espantosa fala atribuída ao pai: "Por que é que aqueles dois ficam imbricados (*imbriqués*) desse jeito; afinal de contas, eles não estão fazendo filhos!" A excitação ligada ao sentido dado à formulação paterna era reativada, por homofonia, cada vez que, inocentemente, lhe ofereciam um isqueiro (*briquet*), que acendia tanto seu desejo quanto o cigarro "sem o qual ela não agüentava ficar". Em sessão, a vergonha de evocar a palavra "imbriqué" estava evidentemente ligada a uma excitação atual percebida como proibida.

"A vergonha me habita (*La honte m'habite*)" é uma formulação mais clara, que fala por si mesma. Na sua condensação ela diz muito do que o analista está sempre mais ou menos preparado para escutar: "a vergonha, meu pau (*ma bite*)" ou "minha vergonha, o pau (*la bite*)". Ao analista relatam-se geralmente mais os fracassos que as proezas do sexo, seja ele masculino ou feminino, por ser mais fácil mencioná-lo a título de queixa do que de regozijo. Ser sujeito da própria palavra impõe ser igualmente sujeito do próprio sexo.

Vê-se que a vergonha, ao contrário de uma coerção, tem notáveis funções permissivas, para não dizer transgressoras.

Sua existência não está destinada a permanecer secreta, como demonstram os tímidos, que talvez escondam muito de si mesmos mas, certamente, não a vergonha que fala por eles. O mal-estar, que parece ser um freio para o comportamento deles, é, ao contrário, seu emblema permanente.

A vergonha é, definitivamente, um meio privilegiado de se aceitar e se exprimir. A psicanálise a mostrou essencialmente a serviço da relação transferencial, chave secreta de toda fala. O que nossos pais nos ensinaram, em última instância, é que um transgressor é perdoado se manifestar contrição. Essa contrição pode vir acoplada àquilo mesmo que a provoca graças à vergonha. "Espero que você se envergonhe do que acabou de dizer", implica que a vergonha pode transformar a pior fala em algo aceitável.

A vergonha nos é realmente inculcada "para o nosso bem".

MORRER DE DESEJO

Às vezes, o amor é pânico.

Crises de angústia "incompreensíveis" levaram a jovem mulher a pedir análise. Convidada a expor da maneira como quisesse o motivo dessa decisão, ela esboça em grandes traços os principais momentos de sua vida para chegar ao advento recente de longas insônias ansiosas. Depois se cala. Provavelmente desconcertada pelo silêncio que acolhe sua pausa, ela acrescenta, como para dar um toque final ao seu relato, que sempre renunciou ao ato sexual, por livre escolha. Profere isso como alguém diria que é daltônico ou nasceu em Seine-et-Marne, ou seja, como um elemento factual sobre o qual não haveria razão de se estender.

A conclusão que essa mulher dá à sua exposição exclui de sua demanda um aspecto essencial de sua vida. Esse tipo de exclusão costuma ser mais discreto. É comum constatar que as razões que incitam alguém a empreender uma análise não constituem o verdadeiro problema. O que está em causa sempre ultrapassa a queixa, forma convencional de um pedido que não pode ser formulado de outra maneira. É uma atitude que se baseia em tormentos que supostamente falam por si mesmos, pois não é possível justificá-los por uma expectativa impossível de definir. A autêntica finalidade da análise não se caracteriza por poder ser solicitada ou até mesmo desejada. Esta finalidade pode não ser nem ambicionada nem almejada, chegando a ser aquilo mesmo que é repudiado.

Como as angústias são um suporte suficiente para que se faça uma análise, esta pôde ter início sem mais informações sobre essa abstinência deliberada. O discurso da mulher tinha a particularidade de ser tão fluido e claro em certos momentos, quanto confuso e indistinto em outros. Pouco a pouco foi aparecendo que, desde os tempos mais remotos de sua infância, ela cultivara uma inclinação pela vida religiosa, que lhe parecera a única a conter a via da felicidade terrestre. Não conseguia situar quando nem por que essa orientação surgira. Na adolescência, no momento de se comprometer mais profundamente com essa vocação, esta se restringira ao simples ideal de uma vida pura, na qual a abstinência sexual era valorizada. Finalmente, com o passar dos anos, embora esse ideal tivesse sido questionado, o que essa mulher apreciava na vida amorosa era mais platônico que sensual. Ela esclareceu que nunca se sentira atraída pelo ato sexual. Na única vez em que as circunstâncias falaram mais forte, sentira uma espécie de pânico que a fizera recusar. De qualquer modo, não era por vontade que tentara realizar a coisa, mas sob a pressão de um parceiro, que por isso a decepcionara profundamente (!). Sua repulsa tivera como efeito confirmar claramente seus gostos e preferências no registro amoroso. Dizia que sua vida afetiva era plenamente satisfatória. Não pretendia, e muito menos reivindicava, que isso mudasse. "Quero que fique claro, não é disto que estou me queixando, mas das crises de angústia incompreensíveis."

Quando existem dificuldades que incitam a procurar uma análise, estas dificuldades estão evidentemente fadadas a se manifestar na forma mesma em que são expostas. O enunciado do problema faz parte do problema. Como o terreno da sexualidade estava excluído da demanda dessa mulher, também esteve por muito tempo ausente de seu discurso. A renúncia ao ato sexual incluía até mesmo não falar a respeito. Quando mencionava esse registro, não o fazia diretamente, apenas de forma acessória e nunca como uma preocupação. A paciente explicou que não se opunha a falar sobre o tema, mas que não via motivos para tanto. A conseqüência da abstinência voluntária era escamotear o problema do surgimento do pânico no momento do ato sexual. A atitude de recusa era supostamente uma conduta realista no registro da moral e da estética. Como a mulher levava uma vida muito ativa, encontrava no cotidiano assunto suficiente para preencher as sessões. Vez por outra, permitia-se abordar as dificuldades caracteriais que tornavam insípido o relacionamento com seus parceiros amorosos, que podiam ser indiferentemente (se é que se pode dizer) de ambos os sexos.

De tempos em tempos, o que surgia em sessão parecia chocar-se com obstáculos impalpáveis, galgados com resistência, fazendo aparecer pensamentos, decerto sexuais, mas aparentemente de uma grande banalidade. Foi, por exemplo, com grande mal-estar que essa mulher resolveu "confessar" que, para ela, as relações sexuais a expunham ao risco de ter um filho. Muito tempo passou antes que lhe ocorresse a simples suspeita de que era esse pensamento "insistente" que tinha desencadeado a crise de pânico na única vez em que quase cedera e tivera uma relação sexual. O risco de gravidez foi muitas vezes descrito como estando na origem desse tipo de fobia ou na de uma frigidez tenaz.

Nesse caso, a temerária tentativa de penetração tivera de ser interrompida pelo surgimento de um sentimento de morte incontornável. A escolha da abstinência impedia o retorno dessa ameaça, mas não era possível evocar a evitação do ato sem que surgisse a mesma preocupação de esquiva contida na evitação.

Assim apresentada, essa mulher parece ter formulado uma sintomatologia clara, na verdade por muito tempo mantida à sombra. Não é preciso dizer que o que permite abafar a angústia é posto fora de alcance, sem dúvida por medo de que essa proteção desapareça. Quando a angústia reaparece, é relacionada com outras causas, não com aquela da qual se conseguiu alguma distância. O que aqui parece evidente decorre da perspectiva escolhida para a exposição.

Podiam-se passar semanas sem que o registro do sexual fosse abordado. As crises de angústia, razão invocada para o tratamento, tinham se atenuado, sem desaparecer, graças a Deus. Sem elas, a análise provavelmente teria terminado, quero dizer, teria sido interrompida. Deve-se reconhecer que, no que se refere aos detalhes da vida sexual, essa mulher não fazia mais elisões que muitas outras. Em análise, a paciência é uma aliada. Com o tempo, a dimensão fóbica da vida sexual dessa mulher revelou sua espantosa razão de ser num episódio de sua infância, que, para ser lembrado, percorreu vários atalhos. Menininha, assistira a uma cena que lhe causara forte impressão. Uma vizinha adentrara a casa de seus pais extremamente aflita, pedindo à sua mãe permissão para telefonar. A irmã dessa vizinha estava esperando um bebê, e era preciso chamar uma ambulância com urgência, pois a moça estava começando a perder "OS OSSOS"[1] (!). Apavorada com esses acontecimentos de

---

1. "Les os", os ossos, tem pronúncia homófona a "les eaux", as águas. (N. da T.)

ambigüidade verbal insuspeitada (que depois lhe disseram ser uma etapa necessária para pôr no mundo uma criança), a menininha sem dúvida tomou nessa ocasião a decisão de jamais se expor a perder OS OSSOS. O dramático tem aí algo de cômico. O que para nós é um jogo de palavras foi vivenciado como um jogo de morte que nem por isso impediu a emergência de desejos amorosos. O esquecimento da cena deixara pairando uma ameaça indefinida sobre a vida sexual, que foi afastada graças à opção por uma vida casta à qual, tudo leva a crer, foi atribuído um poder de apaziguamento da alma. O questionamento dessa castidade limitava-se à prática de uma vida sexual incompleta, na qual as trocas afetivas e as carícias eram vividas como plenamente satisfatórias.

Custa crer que um simples equívoco verbal tenha tido o poder de estabelecer e manter o medo fóbico. Este, na realidade, estava incluído no conjunto da situação edipiana. Mas, como qualquer opinião tende a encontrar confirmação de sua razão de ser por toda parte, não faltaram oportunidades para que o primeiro falso sentido se visse reforçado. Por isso, foram mal recebidas as palavras alegres e otimistas de um bom médico de família ao concluir um exame clínico: "Sólida como você é, realmente foi feita para ter filhos", que desencadearam uma angústia, na época inexplicável.

Já em 1905, Freud mostrara em *O chiste e sua relação com o inconsciente* como a língua concede ambigüidades às ressonâncias cômicas fomentadas por seu gênio transgressor. O estudo dessas ambigüidades foi para ele ocasião de ilustrar as modalidades latentes do jogo de palavras na origem de certas sintomatologias neuróticas. A graça resultante dos chistes, essa graça que nos obriga a rir, tem por efeito mascarar a angústia que esses acidentes lingüísticos suscitam. Seja como for, para essa paciente o retorno da lembrança desse mal-entendido infantil obrigou-a a reencontrar e situar todo o universo imaginário que se vinculara ao desejo de ter um filho. Ter filhos é o modo pelo qual a sexualidade é pensável e verbalizável pela criança. O desejo de ter filhos não é condenado pelos pais, embora tampouco seja aprovado. Em si mesmo, ele não se apresenta como transgressor, sobretudo nas crianças menores. Mais tarde, poderá continuar sendo a forma autorizada e por isso obrigatória da vida sexual, pelo fato de não implicar infração diante de nenhuma autoridade, seja ela da terra ou do céu. O advento dos métodos contraceptivos revelou que o desejo de fazer um filho podia ser a condição necessária para ter relações sexuais: o uso daquilo que suprime a eventualidade da gravidez pressupõe um desejo baseado na busca de um prazer não sancionado. Essa busca não legitimada pode provocar uma angústia que a impotência ou a frigidez aliviará.

Verificou-se que o temor de "perder os ossos", aparentemente a chave da fobia de ter filhos, encobria o medo de um revide por parte da mãe ante o desejo de ter um filho do pai. A vida religiosa servira de muro protetor. A idéia sem dúvida surgira porque uma tia era religiosa e porque ela ouvira dizer que as irmãs não podem ter filhos. A decisão: "Mais tarde, serei uma irmã", apesar de seu efeito apaziguador, nada continha que restringisse a vida libidinal da menina que fizera esse projeto. Nessa idade, isso parecia mais uma escolha profissional que uma renúncia e, curiosamente, dizê-lo lhe dava a sensação de se pôr numa "situação interessante", o que estava associado à situação da qual estava protegida. "Mais tarde" a vocação cedeu sob a pressão de uma afetividade que se resignou a uma castidade relativa. Quando as circunstâncias levaram essa mulher a se apaixonar e a incitaram a trocas carnais, ela percebeu suas restrições como correspondendo pura e simplesmente a seus gostos, isto é, ao que gostava ou não gostava na vida amorosa. Por fim, essa mulher encontrou seu caminho em prazeres que de forma nenhuma lhe davam a impressão de estar contornando um interdito. Repetia o que lhe dava prazer e não fazia o que não tinha vontade de fazer. Simples, não é? Note-se de passagem que esse tipo de evitação não impede seus portadores de encontrar parceiros que, por suas próprias razões, satisfazem-se plenamente com tais restrições. O registro sexual oferece variações suficientes para que as mais variadas variantes sempre encontrem parceiro. Caso não tivessem surgido angústias inicialmente desvinculadas do registro sexual, é pouco provável que essa mulher, aparentemente feliz com seu destino e com sua vida afetiva, tivesse buscado ajuda terapêutica para restrições que ela simplesmente não percebia. O que nela estava em questão ia além de sua queixa. O motivo que dera para procurar análise não era o problema. Assim se compreende por que certos sintomas, ainda que penosos, possam manter-se enquanto forem pretexto para uma demanda que os ultrapassa amplamente. Muito tempo depois evidenciou-se que as crises noturnas de angústia dessa mulher tinham começado quando da primeira gravidez de sua própria irmã. Esse nexo, evidente *a posteriori*, só foi percebido depois que ela reencontrou a vontade de ter um filho, vontade esta que a experiência da irmã tinha reativado secretamente.

Fazer aparecer um desejo que não se manifesta é mais árduo que liberar um desejo de seus impasses. A relação com o prazer elabora-se entre esses extremos. É em torno da necessidade de transformar uma excitação em desejo lícito, ou de converter um desejo ilícito em excitação, que se costuma encarnar a angústia da vida sexual. O fato de a circulação dos afetos poder ser capturada – como tudo o que é humano – no dédalo das palavras, se vê temperado pelo fato de essa dependência não estar atrelada diretamente ao sentido das palavras. O que está ligado àquilo que excita escapa constantemente, por medo de perder a excitação. Disso resulta uma dificuldade de apreender o que está em jogo, por puro desconhecimento. É nesse momento que a angústia vem em socorro daquele que, tomado por ela, passa a se preocupar. É mais fácil queixar-se do que exigir o que não se quer aceitar. O objetivo é o mesmo, mas não a expressão. Na verdade, o direito ao prazer nem se concede nem se proíbe. É difícil conceber de que forma aqueles que esperam obtê-lo poderiam recebê-lo ou perdê-lo. A busca de um direito evita assumir as conseqüências dos próprios desejos. A procura do prazer expõe à solidão. O tempo da masturbação infantil é, entre outros, uma prova de desassociação em relação ao meio, e o modo de passar por essa prova deixará suas marcas. Ou se renuncia ou se transgride. O modo como for compensada a renúncia ou agenciada a transgressão formará a base da relação com o prazer e balizará os caminhos que serão percorridos mais tarde.

Voltando àquela mulher, foi só depois de elucidar a dimensão edipiana da renúncia ao prazer que o poder do mal-entendido pôde aparecer como racionalização. O sinistro jogo de palavras tivera por função modificar a distribuição de cartas na competição com a mãe, contribuindo para apaziguá-la. Se nesse tratamento havia algum desligamento a efetuar, não era entre a vontade de ter um filho e o medo de perder os ossos, mas entre a vontade de ter um filho e a rivalidade com a mãe. A ameaça que resultava dessa rivalidade era mais difícil de apreender que a aparência de fobia que adotou. Foi possível ter consciência de todos esses deslocamentos quando a renúncia foi transferida para a pessoa do analista a quem, aliás, como motivo para recorrer aos seus cuidados, não fora pedida permissão para ter filhos, mas apenas que as angústias desaparecessem.

Embora seja fácil imaginar o terror provocado pelo medo de perder os ossos, será possível conceber que ele possa desaparecer por uma simples correção ortográfica? Para que aquele falso sentido perdesse seu poder, era preciso esperar que aquele antigo desejo de fazer um filho pudesse ser confessado na própria situação – o que era difícil – e que se explicitasse o que se opunha a isso. Também foi preciso que aquele desejo de filho fosse reconhecido como desejo de prazer para que se revelasse que o sintoma fóbico era uma das mais eficazes soluções edipianas da neurose infantil. Para aquela menininha, renunciar a ter filhos não implicava, na época, nenhuma restrição. Foi a persistência dessa defesa infantil na idade adulta que a transformou em sintoma. Para que este desaparecesse, ainda era necessário reconhecer sua função de proteger de uma ruptura com a mãe. Isso apareceu na análise sob a forma da angústia de perder, não os ossos, mas o apoio do analista caso simplesmente expressasse o pensamento de ter um filho dele.

Quer se trate de fazer aparecer um desejo que manifesta sua ausência ou de libertá-lo do que o ameaça, o analista lida com situações cheias de impasses, que é preciso dissolver. A maior dificuldade provém do fato de que essas situações, longe de lhe serem claramente expostas, tendem a ser dissimuladas justamente por aqueles que delas padecem. Quanto mais ele se aproxima do núcleo do complexo, mais sua paciência é posta à prova. O tempo todo encontra cortinas de fumaça. Sua aliada, por mais inaudito que isso pareça, é a angústia que trai a excitação e permite sua comunicação. É mais fácil falar da angústia com a mãe do que enunciar-lhe o desejo de filho com o pai. A orientação religiosa, que mascarava sua origem fóbica, mostrara ser uma solução para sair dessa armadilha. O sucesso dessa solução *a posteriori* do enfrentamento edipiano constituíra o declínio de uma neurose infantil banal. Mais tarde, essa vocação deixou de ser uma solução bem-sucedida. Tornou-se o objeto de compromissos aparentemente satisfatórios, sem que esses interferissem no desejo primeiro de ter um filho. Não fora a ausência de verdadeiras relações sexuais que fizera com que as angústias retornassem, mas simplesmente o fato de não poder ter um filho, o que a maternidade da irmã re-atualizara. Reencontrar, reconhecer e assumir a equivalência desse desejo permitiu satisfazê-lo com um substituto do pai e do... analista.

Muito tempo transcorreu antes que essa mulher viesse a saber que fugia do que, na angústia, ela esperava. Para condimentar a anedota do qüiproquó sobre o risco de "PERDER OS OSSOS" só ficou faltando a lembrança de ter escutado louvar os insubstituíveis benefícios do "ÇA SERT D'OS"[2] na vida religiosa.

---

2. Literalmente, "isso serve de osso". A fórmula em francês pronuncia-se exatamente como "sacerdoce", sacerdócio. (N. da T.)

MALDITO DITO

A intenção do chiste não é ser engraçado.

Que o chiste, liberto das coerções habituais do discurso, da razão e do sentido, possa por meio dessa emancipação acertar na mosca do discurso, da razão e do sentido, eis o que atrapalha a boa ordem que parece governar o funcionamento do intelecto! Eis o que denuncia de modo inesperado e desconcertante aquilo que parece presidir à organização da fala! Ao contrário do lapso involuntário, o chiste é uma atividade intelectual superior, reconhecida e apreciada como tal. Como não se sentir perturbado por essa eficácia mental que se supera ao ser induzida pelo que lhe escapa? A existência de um processo inconsciente num dos mais apreciados talentos excede os limites daquilo com que é possível consentir sem ter de questionar toda a estatura humana. Que o psiquismo dos neuróticos possa ser conduzido por sua neurose, nada mais aceitável! Que o chiste, que se enobrece pelo encanto que suscita, não passe de agressividade ou licenciosidade, ainda é algo admissível! Mas que seu mecanismo revele a força que governa a fala, como consentir com isso sem resistir? Essa força, ao mesmo tempo superastuta e inconsciente, turva a imagem de uma razão aparentemente soberana, à qual pouco se dá para que aceite consentir com sua desgraça.

Depois de ter sido identificado e de ter sua dinâmica descrita, o inconsciente continua sendo tão pouco aceitável como no primeiro dia de sua invenção. O fato de poder ser abordado apenas retroativamente confere-lhe um poder difícil de reconhecer. Ele não existe para quem fala ou pensa. É seu poder sobre a intenção que fere. Por outro lado, no que se refere a nossos sintomas ou a tudo aquilo que não queremos assumir de nós mesmos, o inconsciente presta um grande serviço.

O riso resultante de um chiste atesta o prazer que provoca. A capacidade de lidar com as relações entre o dizível e o indizível por meio de uma formulação freqüentemente fulgurante agrada por seu sucesso elaborativo. Além disso, o desdém para com o interdito social reforça o júbilo, devido à transgressão impunível. Mas esse riso que acolhe o lapso involuntário e o chiste impulsivo também esmaga o sentimento de angústia que deveria ser destilado pela constatação, nessa circunstância evidente, de que o uso da linguagem escapa ao seu usuário, ainda que seja em seu proveito. Curiosamente, a experiência desse não-controle do instrumento linguageiro parece não abalar a sensação de seu controle. Vivemos na constante ilusão de que nosso pensamento tem condições de avaliar sua própria justeza, quando na verdade ele pode, no máximo, entrever suas incoerências mais flagrantes. Como poderia nossa mente perceber o que a leva a perceber o que percebe? Não haveria nisso uma falta de acesso fundamental ao que institui secretamente a relação de cada qual com o mundo, uma vez que o que constitui esse mundo elabora-se na ignorância do jogo libidinal que o ordena?

Navegamos entre duas perspectivas intoleráveis, opostas e contraditórias. A primeira é que é em nós mesmos que se edifica o universo a que acreditamos estar submetidos. Hoje em dia ninguém ignora que o planeta Terra, cuja forma era plana, metamorfoseou-se docilmente para a comodidade de um pensamento que, no entanto, continua incessantemente cativo das realidades que cria. Todos também sabem que, antes da disseminação da idéia de que Deus estava morto, todo homem era sua criatura. Aqueles que ainda crêem n'Ele rejeitam aqueles que não crêem mais, e vice-versa. Pode-se, em todos os campos, verificar que o que aqui é certo, é errado um pouco mais adiante, e que a verdade de um constitui o delírio do outro. Mas quem, por isso, aceitaria que o mundo com o qual lida todos os dias não passa de uma produção mental? Embora não se possa negar que toda realidade seja apenas um fato cultural, quem padece dessa realidade não consegue compartilhar dessa certeza.

A segunda perspectiva intolerável é o contraponto exato da idéia arrasadora de que talvez tenhamos algo a ver com o que sofremos. Também é inadmissível que não tenhamos nada a ver com a condução de nosso pensamento, este mesmo pensamento que justamente dá sentido ao que acontece conosco. Essa dupla afronta a um sentimento de liberdade interior suscita em nós repugnância e denegação permanentes. Ser senhor do que se diz é o mínimo necessário para se poder falar. Apenas em situação de análise é possível considerar a possibilidade de colocar esse controle em questão. E, mesmo assim, o desmentido tem de ser flagrante para que possamos duvidar da sinceridade de nossa sinceridade! Embora a experiência eminentemente pessoal do tratamento psicanalítico permita que quem nele está envolvido perceba a discreta duplicidade do próprio discurso, nem por isso desaparece nele a convicção, sempre renascente, de sua faculdade de controle sobre seus dizeres. A força em ação nesse recalcamento (do próprio recalcamento) é ainda menos perceptível que seus efeitos.

Nossa sociedade está edificada sobre o não reconhecimento da disposição que leva a conceder total preeminência ao conteúdo do que é enunciado, em detrimento da própria enunciação. O difícil acesso à dimensão da enunciação pode, a título de exemplo, ser avaliado na leitura do presente texto, embora ele pretenda justamente colocar essa dimensão em evidência. Para captar o sentido do que lhe está sendo comunicado, o leitor deve dirigir sua atenção para o conteúdo destas linhas e não para o que eventualmente subjaz à sua formulação. E isso, justamente no momento em que esse sentido tenta desviar momentaneamente a atenção – que, no entanto, ele retém – para a existência de sua razão de ser. A razão de ser de qualquer palavra permanece inacessível na sua complexidade tanto para quem fala como para quem escuta. Fora da situação de análise, a dimensão propriamente relacional de uma palavra – que não deve ser confundida com sua dimensão intencional, revelada pelo conteúdo – depara com uma quase impossibilidade de apreensão. A natureza de todo intercâmbio verbal tem por conseqüência inevitável que as palavras, por meio do sentido, exerçam um poder que esconde o processo por meio do qual elas surgem. A particularidade da escuta psicanalítica consiste em centrar o sentido de qualquer formulação nas razões de ela ser formulada como é formulada, no instante mesmo em que é formulada.

Os psicanalistas, como todos nós, não podem deixar de se comportar como se tivessem controle sobre o que dizem no presente de sua fala. Isso porque a revelação freudiana não dá o poder de se subtrair ao que ela denuncia. Isso quer dizer que, para o espírito humano que as promove, existem verdades que têm de permanecer míticas e cuja realidade é denegada na sua própria forma de abordagem. Aceita-se de bom grado que nada pode escapar às leis da física. Mas não se consente, e nem mesmo se concede, que nada possa escapar, em qualquer utilização da linguagem, à brecha intransponível entre o que é dito e o que faz com que seja dito. Essa convicção lógica não é inaceitável, não é recusável, ela é simplesmente impensável. No que diz respeito a si próprio, é claro. Aqueles a quem essa convicção garante o pão de cada dia vivem com ela como se vivessem sem ela. Isso quer dizer que os psicanalistas têm, de seu próprio psiquismo, uma percepção que é o desmentido do que sabem dele. Incrível!

O estudo da dimensão surpreendente do inconsciente nada mais faz que dirigir a atenção para a banal e inevitável existência, por trás de todo conteúdo de pensamento, de uma causa de seu surgimento, causa totalmente ocultada pelo conteúdo desse mesmo pensamento. Tal é o dispositivo que outorga a faculdade de usar palavras, faculdade de que o homem tanto se orgulha, ignorando que é o lugar da total sujeição. O que aí está em jogo sempre nos escapa. Seja qual for seu conteúdo, nosso pensamento não pode ter acesso, em tempo real, como se diz hoje, ao que faz surgir esse conteúdo. A dinâmica do universo dos efeitos verbais revela-se, para além do que é enunciado, naquilo com o que concordamos (ou a que nos opomos).

Apanhados a cada instante no que afirmam ou contestam, nossos pensamentos prosseguem, em total desconhecimento de causa, o interminável trabalho de produzir e explicitar o que constitui o penhor de nossa identidade. Essa identidade, que parece ganhar sentido e se proclamar por meio de conteúdos verbais, baseia-se antes em nossas disposições em relação a esses conteúdos. Na sua infinita diversidade, os homens aplicam-se sem descanso a afirmar sua inclusão num determinado meio através do que dizem ou pensam. Cada qual passa a vida estabelecendo e sustentando seu lugar num grupo, difícil de delimitar na complexidade de nossas sociedades modernas, mas fácil de delimitar naquelas que têm dimensões mais restritas, como os círculos familiares, profissionais, políticos etc. Para afirmar uma posição ou uma prerrogativa, nossas ambições e nossas capacidades fazem uso do registro da fala e das idéias, em que a mais mínima formulação procede, quer queira quer não, de múltiplos vínculos. Da nossa língua até as mais humildes particularidades, nossos discursos revelam nossas afinidades e nossas alianças dentro do *corpus* social. Pelo simples fato de poderem surgir ou não em nós, as palavras, e *a fortiori* as idéias, contribuem para nos situar, por sua adoção ou sua rejeição, a exemplo de um vassalo que declarasse continuar ou não sob a égide do senhor do lugar em que seu nascimento e seus avatares o colocaram. Não é por serem sempre eminentemente inconscientes que o poder de tutela desses vínculos diminui, dando às vezes a certos estados de espírito um ar incongruente, estados estes que, na véspera (ou em outras ocasiões), pareciam perfeitamente adequados. O *gentleman* que veste seu *smoking* para jantar sozinho nos ermos de sua propriedade rural só é caricato para quem não for prisioneiro de seus hábitos linguageiros na apreensão do fato exótico. O que está em jogo nessa ocasião é praticamente inapreensível, pois aquilo que há para apreender é a própria apreensão.

Adotar certa convicção, afastar-se de outra, servir a determinado partido, combater outro, eleger certo mestre, desacreditar outro, submeter-se ou revoltar-se, importa psicologicamente tanto ou mais pelo que isso implica do que pelo objeto em questão. Como fariam aqueles que não escolhem o mesmo que nós se não tivessem outras escolhas, a serviço de sua estatura humana? A despeito de sua importância, não temos consciência desse jogo de sociedade, que nos situa a todo momento. Aquilo que presidiu ao estabelecimento de nossos gostos e de nossas opções permanece sempre obscuro.

A psicanálise inspira um retrato do *homo sapiens* irremediavelmente dependente da capacidade linguageira que nele opera. A dominação secreta que seu mundo verbal exerce sobre ele e que incide sobre esse mesmo mundo reafirma-se constantemente. Ela só não é angustiante porque, ao contrário, tranqüiliza-nos pela persistência que imprime a nossos modos de falar e de ser, até mesmo em seus fracassos, fracassos muito bem representados pelos distúrbios neuróticos, sem dúvida por isso tão difíceis de negociar. Nossos sofrimentos ilustram nossos modos de administrar o que está à nossa volta. A dificuldade de abandoná-los evidencia uma sujeição de que não temos consciência, pois acreditamos escolher livremente aquilo de que não podemos discordar.

Sejam quais forem nossos vínculos, acreditamos que estejam baseados no conteúdo daquilo a que nos ligam. Desconsideramos que o que preside à sua instauração é o tipo de vínculos que constituem. Os partidários tenazes de ideologias de todo matiz encontram, nos seus respectivos campos, os mesmos benefícios em modos de servir semelhantes. Toda causa pode ser ocasião de compromisso, fidelidade, abandono ou indiferença. Se um homem é chamado de traidor, pouco importa o que ele traiu. Não é raro encontrar um fanático lúcido o suficiente para poder se reconhecer naqueles a quem deve se opor. Somos feitos da natureza dos vínculos que as palavras que empregamos afirmam, nas mil e uma formas de nossos discursos e pensamentos. Por isso podemos continuar sendo fiéis, submissos, rebeldes, amuados... como nos mais belos dias de nossa infância, encarnando, sem nem mesmo suspeitar, a dimensão transferencial de nossa presença.

Aquilo que constitui nossa identidade nos ata, de forma permanente, a modos de falar e de ser fáceis de perceber... nos outros. Dispomos de infinitas formas de justificar esses modos, sem por isso ter qualquer controle sobre seu advento. Aquilo que se origina de experiências infantis determinantes só pode ser percebido nos nossos sintomas, pois é a persistência não desejada deles que revela a intransigência dessa sujeição. Apesar de essa sujeição ser sentida como penosa, visto que a deploramos, ela é a garantia de uma identidade à qual somos obrigados a aderir sob pena de sentir angústia. Essa dominação pode se afirmar além do princípio de prazer, em detrimento de nós mesmos, pelo menos aparentemente.

No que pensa ser, o homem desconsidera por completo que só é aquilo que sua linguagem lhe diz que ele é. Ele se sente distinto do efeito das palavras sobre ele. Tem tamanha convicção de que funciona objetivamente quando seu pensamento o faz pensar como ele pensa, que só ocasionalmente percebe essa dominação. De que maneira poderia o homem escapar ao princípio que subordina o conteúdo de um pensamento à sua função? A linguagem que lhe pertence, na verdade o possui. Em última instância, o objetivo da psicanálise é apenas vir em auxílio dos *escravos da* linguagem que todos somos de forma inevitável.

A intenção do chiste não é ser engraçado. A graça, no caso, é a maneira que o psiquismo tem de se defender da angústia de perceber seu próprio mecanismo. O riso impede que vejamos a falta de sentido (tão próxima do sentido) ganhar outro sentido. O chiste revela o poder do inconsciente sobre a formulação. O chiste não escapa a esse poder, simplesmente faz com que apareça menos. O ataque à nossa soberania sobre a linguagem foi o doloroso preço a pagar pela apreensão das palavras que estão em jogo em nossos sintomas e que reinam até mesmo sobre nossos amores.

FAX A FAX

*Não gostamos de pensar
no que nos faz pensar.*

> Os seres vivos inorgânicos não escapam da morte
> ainda que vivam bem mais que nós.
>   C.C.

Cara M.L.,

Seu último fax me deixou numa situação difícil. Entendo que, como nova-iorquina preocupada em saber o que se pensa de Rorty na França, você quis, por uma questão de civilidade, averiguar meus sentimentos em relação a esse autor. A pergunta em si não me coloca em questão. No entanto, ela me obriga a lhe revelar que já faz algum tempo que deixei de tentar julgar o mundo do saber que me cerca. Todos os dias a moda oferece, tanto a mim quanto a você, sua ração de artigos e de ensinamentos. Doutrinas mais ou menos novas convivem, se superpõem ou se confrontam. Todas querem convencer e seduzir. Todas me convidam a tomar seu partido, como se eu tivesse condições de elaborar uma opinião sobre elas! Os disparates que escuto a propósito do estreito campo em que me situo impedem-me de proferir os meus sobre o que não me é familiar.

Embora eu tenha dificuldade de aceitar o que não compreendo, tampouco é fácil compreender o que não posso aceitar. A montanha de coisas disparatadas que se acabou implantando na minha cabeça me impõe modos de ver que me levam a engajar-me em combates, quando não em cruzadas, como um recruta obstinado. Quando observo, numa reunião, a veemência que um assunto qualquer suscita, me dá vontade de rir enquanto não surge em mim a mais viva intolerância em relação ao que acredito estar escutando. Nessas situações, o pior é que sinto a necessidade frenética de intervir numa batalha da qual sou apenas testemunha. E, de repente, sinto-me pessoalmente agredido pela expressão de uma opinião que, se fosse emitida na sala ao lado, não me incomodaria. Nunca entendi por que, outrora, a soldadesca lutava até ser horrivelmente trucidada, mas devia ser por algo da mesma ordem daquilo que me leva a defender idéias que não me dizem respeito, a não ser muito indiretamente. Zé-ninguém, eis-me todo empolado pondo-me a serviço da Verdade. Sinto a cabeça esquentar. É da mais alta importância que o honorável auditório escute, nesse momento, aquilo que tenho a missão de informar. Para o bem dele, é claro. Não me refiro a grandes debates de idéias que eventualmente possam mudar o mundo. Não, refiro-me ao palavrório, cuja importância decorre apenas da minha simples presença, tanto em particular como num fórum. Para aqueles que fazem parte de meu grupo, o bar da esquina é um pequeno Capitólio. Bendigo o Céu por não ter me dado a capacidade de argumentar, mas apenas a de lançar um grito cujo caráter derrisório logo se evidencia.

Não pense que tento assumir uma posição sensata; isso equivaleria a ignorar aquilo de que procuro me defender. A resignação em minha atitude impede-me de valorizá-la. Ela não passa de um esforço quimérico de cercear o ardor partidário que, a cada instante, faz meus latidos se juntarem aos dos outros.

Mesmo sozinho, diante da Santa TV que me liga ao mundo desconectando-me dele, sou capaz de me inflamar por uma causa ignorada um minuto antes, com uma energia que me horroriza quando a calma retorna, pois não passa disso. O que se pensa de Rorty na França, ou o que eu penso, ou o que acho do que pensam dele, para mim nunca passa de uma vã agitação. Enquanto meus dedos estão teclando estas palavras, sei que esse aparente distanciamento não me afasta de nada, e que, assim como não posso interferir nos meus próprios genes, não posso escapar do sentido do que me cerca. Sei também que escolher não tomar nenhum partido é a escolha mais falaciosa que existe. Eu, como todos os homens, tenho de carregar uma marca paterna. Uma vez que se pensa, é impossível escapar a esse poder intratável. Os esforços para distanciar-se dele revelam uma dependência tão enraizada quanto a submissão a ele. De qualquer maneira, a não ser que nos refugiemos na loucura, só podemos pensar com as ferramentas que nos foram legadas, inculcadas, impostas por nossos predecessores imediatos. Nossas verdades provêm de vínculos que nada têm de universal e cujo rigor é bem relativo. Defender as idéias que mamamos tende a nos erguer contra aqueles que se alimentaram de outro leite, e vice-versa. Não vejo como escapar disso, e tampouco consigo ver que sentido poderia ter. Talvez minha reticência me agrade por não ter nenhum sentido. A alienação protege da subserviência. Há uma vaidade domquixotesca na minha recusa. O prazer que ela me proporciona equivale ao das pessoas que se orgulham dos pensamentos de que são prisioneiras. Minha resignação é uma afirmação como outra qualquer, mesmo que seja uma revolta de papel. A vassalagem que ela denuncia não é aquela que nos submete à linguagem; só se parece com ela porque é feita de linguagem.

Seja qual for a palavra que me ocorra, ainda que seja para negar, profiro uma afirmação que só posso justificar apoiando-me em outra, sem maior poder de libertação. Não é só o círculo que é vicioso.

O pior não é isso. Quando afirmo, não apenas afirmo como atesto. E, ainda que acredite saber o que afirmo, ignoro o que atesto. Qualquer falante tem parte no que expõe, seja ele filósofo ou vendedor de amuletos. O que é evidente para quem tem algo para vender o é menos para quem apenas expõe suas opiniões. O problema é que não vendemos nossos modos de ver, mas os damos. Nossas sentenças, porém, exigem ser partilhadas. No divã analítico, diga o que disser aquele que simplesmente tem de enunciar o que lhe passa pela cabeça, o mínimo que espera é que suas palavras sejam aceitas. E, aliás, é isso que acontece, mesmo se o viés da interpretação redimensiona seu alcance. A psicanálise edificou-se sobre a simples constatação de Freud de que o que passa pela cabeça está a serviço das razões atuais de seu surgimento. Para o analista, o essencial de uma fala encontra-se na sua dedicatória e na fidelidade que ela implica. Nem por isso é fácil discernir a que falar se vincula. Para tanto é preciso que intervenha, por trás de um conteúdo que atrai a atenção, o propósito de sua formulação. A fala tem uma finalidade atual, mais ou menos evidente, passível de ser reconhecida por quem a pronuncia. A sujeição a que essa fala está submetida é mais difícil de admitir. A complexa relação com os pais está presente na própria materialidade das palavras. Estamos ligados ao que dizemos pelo que representamos. Toda fala é narcisada, e quem escuta um relato ou uma conferência pode compartilhar o prazer de quem fala. O mesmo não acontecerá se esse prazer proceder de uma cândida apropriação. Se o que lhe digo "também" tiver sido dito por Aristóteles, Einstein ou Freud, posso me deleitar em saber com quem você corre o risco de se defrontar. No que afirmamos, um pai jamais está longe. Mas o prazer conseguido através dele é menos compartilhável, porque é apenas em proveito dele que a ele nos referimos. A cada qual seu mestre.

No final das contas, defender com ardor as próprias idéias é parecer-se com o escravo que se orgulha do poder que o acorrenta. O fato de não haver alternativa não implica que devamos ficar felizes e exagerar. A luta entre milhares de pessoas, cujo destino era estranho ao da batalha, talvez se devesse ao prazer de lutar. E eu faço a mesma coisa num combate em que a auriflama a que sirvo é feita da representação ilusória de aparentes verdades, sem que eu saiba, a não ser raramente, o que me liga a elas. Se Aristóteles, já mencionado, não nos tivesse legado sua história de A e de não-A, talvez eu fosse menos chicaneiro. É para afastar de mim pensamentos discordantes que os combato fora de mim. Deveria portanto me perguntar o que nesse momento me impulsiona e me dá energia e prazer para elaborar a presente arenga. As idéias que nos dominam fazem uso de muitos subterfúgios para que possamos sustentá-las com um ardor que mascare nossa dependência. Prisioneiros delas, só podemos abandoná-las ao preço da angústia, até mesmo de um sentimento de loucura, ao passo que servi-las pode proporcionar um prazer sempre renovado, ainda que usurpado. O maná inesgotável de pontos de vista a defender dá-nos a todo momento a ilusão de parecer aquele que acreditamos ser, e de afastar aquele por quem não queremos ser tomados. No terreno do pensamento, não há nada melhor que a satisfação alucinatória do desejo. E não existe outra!

As asserções que promovo, quando acredito as estar denunciando, almejam o prazer de fazer com que você aceite minha indigesta filípica. Mas talvez, ao contrário, você se inquiete com o que anima essas linhas, além da minha necessidade de blaterar até que a morte venha. Antes de voltar a isso, perceba que falta pouco para eu responder à sua pergunta sobre Rorty, pois ele parece animado de um espírito de revolta cínica por meio de um discurso tão pouco defensável quanto este, e que adoro descobrir nos outros, para me manter quente. Considerando-o de maneira mais radical, esse tipo de discurso já mandou mais de um para o manicômio. Portanto, dizer-lhe o que acho de Rorty não tem nenhum interesse, pois ele se inscreve entre todos os fabricantes de flautas que, com sua sedução, alienarão as gerações futuras, se elas as tocarem. Como não sucumbir à idéia de que um saber difundido entre a maioria é uma verdade? Uma crença só desaparece ao preço daquela que a arruina. Como você também me fala de Derrida, que parece estar arrasando por aí, o que há para "desconstruir" em qualquer informação, venha ela de Deus ou da Coca-Cola, não é nada do que a constitui, mas sim o que nos leva a engoli-la. Sempre haverá um mundo intransponível entre a certeza e a realidade. Mas muitos autores parecem acreditar ser possível tirar a poeira das certezas, fazendo aparecer o núcleo de ouro puro que conteriam. Se existe ouro puro é apenas na intenção: não é porque minha idéia é verdadeira que acredito nela, mas é porque sou levado a acreditar nela que é verdadeira! Apenas a capacidade de mudar de discurso nos diferencia do delirante. O que é mais fácil dizer que fazer.

Para finalmente chegar ao que suscita a presente diatribe, eis o segredo de sua assombrosa redação. Saiba que a redijo à velocidade do raio no meu Macintosh recuperado. Queria colocar à prova esta máquina renitente e ver se ela consegue, já que está com um disco rígido novo, suportar as piores elucubrações da minha mente, sem que isso faça estourar as placas consertadas. Isso se cozinhou na forma de um fax endereçado a você porque eu estava sob o impacto da sua pergunta. Vou mandá-lo em agradecimento aos seus que sempre recebo com grande prazer.

Seu,
J.-C. L.

Caro J.-C. L.,
Estou chegando do mercado carregada de flores. Seu fax chegou na calma do meu café da manhã. Sua onda vingativa desliza entre minha xícara de chá e minhas torradas. São só oito horas aqui, mas desta vez parece haver mais que uma mera diferença de horário entre nós. Seu combate não me comove. Não entendo do que você quer me convencer e menos ainda o que o irrita. Não acredito que você pretenda me aplicar o golpe do não-saber; seria retórico demais. Sua profissão de não-fé parece uma daquelas interessantes experiências de física, que mostra sob um ângulo inesperado uma lei natural banal. Não se pode afirmar nada? Pode ser! Mas você não deixa de afirmá-lo seriamente! Propor que o verdadeiro saber seria não saber nada mais é que Lao-tse escarrado. Lembre-se: "A doutrina que se enuncia não é a verdadeira doutrina." Faz pelo menos dois mil e quinhentos anos que a dúvida foi promovida a ideal! Sua não-convicção na convicção respeita demais a lógica, a gramática e a ortografia para abalar minhas convicções. Não acredito que você esteja denunciando a evanescente vaidade de qualquer pensamento: a evolução das idéias e a diversidade das culturas já o proclamam de modo suficiente. Será sua "diatribe" um eco da eterna dúvida masculina sobre a paternidade que nada pode garantir? Ou será apenas uma variante de sua per-

plexidade perante a decisão de se a tolerância deve tolerar a intolerância? Apesar do prazer que posso ter lendo o que você escreve, esta manhã não entendo a que você me exorta. Será a não mais acreditar no que afirmam, entre outros, Rorty ou... você mesmo? Explique-me, explique-se.
Responda.

M.L.

Cara M.L.
Vejo que você levou meu fax a sério e ao pé da letra. Fez muito bem, pois ele foi redigido da forma como foi aparecendo sob meus dedos: um longo grito do coração, imprevisto e revelador. Mas você me pede para fazer justamente aquilo que denuncio e para explicar-me com termos cujo domínio quero repudiar. Você diz que não entende o que estou combatendo nem aonde quero chegar. Lamento muito essa falta de discernimento. Tinha alguma esperança de que você me esclarecesse sobre o que tende, às vezes, a me fazer despender muita energia sem saber muito bem em que ela se empenha. Faz um ano que a correspondência que mantemos, quando nos dá vontade, talvez não tenha melhor finalidade do que tentar descobrir sua razão de ser. Esses faxes, que se estiram sob o Atlântico e fazem aparecer sua cópia fiel no coração de um continente distante, ao mesmo tempo em que vão se desenrolando, são mais vivos que qualquer correio, mas não menos cegos que qualquer palavra. Sabemos, em algum momento, com quem estamos falando, mesmo na frente do rosto mais familiar? O fato de que nunca nos tenhamos encontrado permite-nos perceber para que pode servir o interlocutor a quem só nos liga nossa necessidade de

nos exibir. Você me pede que eu me explique, quando eu contava com a sua sagacidade para dar sentido à minha jeremiada sobre as polêmicas, às quais deveríamos assistir como se assiste aos jogos circenses sem estar, graças a Deus, na arena. Mas você me pergunta por que desço para a arena, e até por que a crio. Se a KGB ou a CIA, sem contar os outros ouvidos indiscretos à espreita de tudo o que é transmitido pelas vias submarinas ou por satélite, empenham-se em decifrar nossos faxes, sem dúvida é porque procuram neles uma finalidade mais prosaica do que aquela que lhes poderíamos atribuir. Para que servem todas as discussões às quais nossas profissões nos fazem assistir, senão para fazer circular o sangue dos debatedores! É um esporte tão válido quanto qualquer outro, com seus golpes desleais e suas astúcias de raposas velhas grosseiras.

Na presente circunstância, o mal-entendido deveu-se ao fato de ter-lhe comunicado o que surgiu sob meus dedos para testar meu computador recém-consertado. Sem querer ofendê-la, você foi apenas um pretexto, como são os futuros leitores para qualquer autor. A interlocutora desconhecida em que, muito antes de nossa correspondência, eu a transformei, como a tantos outros, era uma abstração suficientemente vaga, totalmente a meu dispor. O fato de há pouco mais de um ano você ter encontrado por acaso meu outro livro, *Qui je...?*, tão pouco difundido, numa biblioteca de Austin (Texas), onde nada o predispunha a aterrissar, é para mim um acontecimento difícil de explicar. Ainda hoje me pergunto quem é que se livrou de forma tão elegante do meu livro[1].

---

1. Fiquei sabendo depois que meu livro não fora doado para a biblioteca em questão, mas que fora realmente pedido por estudantes. Também me explicaram que, muitas vezes sem saber o que pedir, eles escolhem qualquer livro de uma lista de dez (cinqüenta ou cem) livros propostos.

As coisas deveriam ter ficado por aí. No limbo. Uma leitura raramente provoca mais que uma murmuração interior, que devolve o leitor ao seu próprio entendimento das coisas. Mas você, diabolicamente realista, resolveu me escrever, depois me responder e me perturbar, perseguindo-me em meu nome com seu funcionamento estranho ao meu, mesmo quando ele me parece tão próximo. De modo inesperado, ao me devolver minhas afirmações, você não se defende delas, porque elas não a ameaçam. Você quer me compreender e, por sorte, não consegue, caso contrário não me daria a oportunidade de me explicar. Não é a concordância que mais inspira. Poucos homens tiveram a coragem ou a inconsciência de reconhecer que foi para ofuscar alguma figura perturbadora que construíram sua obra. Einstein foi um desses raros espécimes, não tendo medo de escrever que foi para aborrecer Poincaré que teve a idéia de sua descoberta. Freud, embora tenha sido o inventor da "rocha do espírito de contradição", até onde sei, não se justificou dessa forma. Quanto a mim, embora não encontre nada de genial para dizer, não tenho menos vontade de importunar. Depois de ter experimentado, quando bebê, esse modo de ser reconhecido, nunca mais o abandonei. Mas acontece que, para você, existo sem incomodá-la, porque não destruo suas longínquas platibandas. Decerto apenas os interlocutores americanos têm o poder de perturbá-la. Na qualidade de europeu distante, só posso encarnar um espírito um tanto insólito, quando não atrasado. O olhar que você lança sobre mim é mais aquele de uma etnóloga do que o de um semelhante. Meus gritos não passam de sussurros exóticos a essa distância, embora um fio miraculoso nos ligue. Mas já que você me levou a sério, tenho de responder para que não se desvaneça o efeito de minhas palavras, sejam elas de recusa ou de revolta. Portanto, vou tentar

oferecer-lhe um discurso mais racional, por trás do qual você talvez considere mais fácil me entender do que nesse texto desconexo. Aliás, uma pergunta: O que você acha dos "seres vivos inorgânicos"?
Aguardando sua resposta,

J.-C. L.

Caro J.-C. L.,

???????

M.L.

Cara M.L.,
Você caiu do céu! Foi uma boa idéia ter lhe feito a pergunta em vez de ir direto ao que me interessa. Os "seres vivos inorgânicos" a deixam desconcertada. No entanto, a existência deles foi descoberta por um pesquisador americano. Então, você não leu Carlos Castañeda. E eu que pensava que todos os universitários americanos tinham-se nutrido de seus textos surpreendentes! Infelizmente é impossível resumir uma obra que pode ser compreendida de mil maneiras e que cada um lê a seu modo. Saiba apenas que, nos anos setenta, esse etnólogo californiano se pôs à procura, no coração do México, dos vestígios de uma antiga tradição tolteca. Pensando poder encontrá-los junto a um velho índio na forma de uma cosmogonia inédita, viu-se envolvido na aprendizagem iniciática de procedimentos mentais bastante diferentes dos nossos. Fascinado com o que pressentia descobrir, obrigou-se a seguir durante anos uma prática difícil. Relatou de modo escrupuloso suas expe-

riências numa sucessão de livros, escritos e publicados durante sua pesquisa. Seus inúmeros leitores puderam acompanhar o trabalhoso contato com certas técnicas de pensamento, para nós inconcebíveis, porque estranhas à consciência que temos de nosso psiquismo.

A denominação "seres vivos inorgânicos" pertence à tradição estudada. Ela é retomada enquanto tal por Castañeda. E tem tudo para nos deixar consternados. Aos nossos olhos, ela representa uma espécie de animismo, que há muito desapareceu de nossas mentes sábias, fato este que muito nos orgulha. Apoiando-se em detalhes, Castañeda relata, porém, seu encontro real, guiado por seu mestre, com esses seres que desafiavam sua imaginação. Lembro-lhe de que ele era um universitário, fazendo um trabalho científico, cuja finalidade era revelar os detalhes de suas pesquisas de campo. Em confrontos que nos apresenta como confrontos verdadeiramente homéricos, descreve como percebeu a existência desses seres até então insuspeitados, e como foi levado a desafiar o seu poder aterrorizante. E apesar da impressão causada pelos sustos vividos pelo autor, o leitor do livro pode manter a tranqüila distância de quem não está diretamente envolvido: esses seres não existem no seu universo, Deus seja louvado! Vou tentar mostrar-lhe que esses seres invisíveis existem sim no nosso mundo ocidental, tão pragmático. A realidade deles é tão certa quanto a da face oculta da Lua, que não percebemos diretamente. Esses seres estão à nossa volta na vida cotidiana, da qual participam ativamente. Em suma, não poderíamos viver sem eles, sem sua influência permanente, igualmente benéfica e tóxica. Eles nos mantêm sob seu poder. Quando você tiver entendido quem são eles, vai ficar espantada de não ter-lhes reconhecido a existência. Querida M.L., se, neste ponto da leitura, você estiver achando que, talvez por causa do calor do verão, eu não esteja batendo bem da cabeça, quem sabe você queira parar por aqui. Você não estará totalmente errada, pois, se continuar a ler, não será mais a mesma.

Nós, ocidentais, pragmáticos a toda prova, não gostamos de pensar no que nos faz pensar. Teorias não nos faltam, mas pensar nos dá a sensação de sermos os condutores de nossos pensamentos. Apesar dos estudos dos psicólogos e dos neurologistas, sentimos que somos os organizadores de nossa vida mental, chegando mesmo a nos orgulhar dela ou nos sentir culpados por causa dela. Mesmo sabendo que isso não é bem assim, fazemos de conta que é, por não termos condições de agir de outra forma. Perceber por meio do pensamento o que anima nosso pensamento só é possível pela psicanálise, por sua doutrina e pela presença ativa de um terceiro que nos permite ter acesso ao que não conseguiríamos destrinçar sem ele. Da mesma forma, foi através de incontáveis encontros com seu mestre índio e através da retomada de elementos de seu passado, que Castañeda teve acesso a uma percepção impressionante do funcionamento psíquico. Os "seres vivos inorgânicos" lhe foram descritos como seres que rondam permanentemente os homens, espreitando-os para deles fazer sua presa. O que os torna perigosos é que seu poder é difícil de perceber. Esses "seres vivos inorgânicos" têm outro nome; Castañeda relata que também são chamados de "aliados", porque o homem tira deles a essência, não só de seu poder cotidiano, mas também de sua razão de ser. A inquietante contrapartida é que esses "aliados" sugam insaciavelmente a energia humana, de que têm absoluta necessidade para viver. Se não tomarmos muito cuidado, esses seres podem conseguir nosso sacrifício e explorar-nos até a morte. E o pior é que isso acontece com nosso total assentimento. Ignorar o poder que exercem sobre nós não só não nos protege como, ao contrário, nos deixa totalmente à sua mercê. Depois de os ter descoberto, percebemos que não podemos viver sem eles; podemos, no máximo, tentar escolher a quem estamos dispostos a nos sacrificar. Em geral apenas podemos constatar seu total domínio sem poder nos livrar dele, ou mesmo ter essa vontade.

Você ainda está aí, cara M.L., ou este fax já foi simplesmente arquivado? Estou em dúvida. Desta vez não consigo imaginá-la lendo, mas assim mesmo tenho de continuar. Esses seres nascem, desenvolvem-se e, como nós, conhecem momentos de força e de fraqueza. A morte é seu inevitável destino, mas a duração de sua vida é incomensurável em comparação com a nossa. Durante séculos, com altos e baixos, eles podem sobreviver, enfraquecer-se mais ou menos, desaparecer ou... restabelecer-se. Não têm outra função senão pôr-se a serviço dos homens, explorando-os e protegendo-os na mesma medida.

Isso tudo é uma algaravia para nosso espírito realista que, no entanto, acredita firmemente em vírus ou ondas que nunca viu, mas cujos efeitos percebe. Duvido que essa incrível descrição possa ocupar um lugar na sua organização do mundo. A denominação "seres vivos inorgânicos" a desconcerta, mas não é mais extravagante que a referência freudiana a um inconsciente que não se deixa capturar, que governa nossas vidas e do qual apenas podemos perceber os efeitos. Apesar da aparência delirante de seu nome, é possível relacionar esses seres vivos inorgânicos com modalidades de pensamento totalmente familiares para nós. Farei uma interpretação que diminui sensivelmente sua força, mas que nem por isso é menos assustadora, sem com isso excluir outras interpretações, evidentemente. Se você teve a gentileza de me seguir até aqui, você deve admitir – o que a devolverá a um terreno familiar – que Deus pode ser considerado um desses seres. Quantos deuses, com os mais diversos e bárbaros poderes, sobreviveram graças ao seu poder sobre os homens. Para logo em seguida desaparecer. Em termos mais prosaicos, os dogmas, cristão, judaico, muçulmano, budista e... todos os outros, não seriam aliados dominadores e protetores? A ajuda que oferecem requer apenas que nos dobremos às suas exigências. Essas entidades decerto só existem para aqueles que nelas "crêem", daí a necessidade que têm da energia dos homens para nascer, desenvolver-se, evoluir. O que justifica serem denominados vivos é que são dotados de consciência no sentido de que, por intermédio daqueles que garantem sua presença ativa, são sensíveis ao mundo exterior e ao destino que se lhes dá, reagindo e se defendendo para se manterem vivos. Não há quem diga que o cristianismo está vivo ou que a galantaria está morrendo? Não se pode considerar esses aliados como puros conceitos sem perder sua assistência. O crente aceitaria supor que é ele mesmo que inventa sua crença na exata medida de sua necessidade, a todo instante? Ele precisa desse objeto (é uma palavra mais tranqüila), cuja existência é exterior a ele, para se situar no universo, desfrutar de seu poder, tanto o cruel quanto o caritativo, com ele organizar seu pensamento e... continuar segurando as rédeas.

É ilusório acreditar que é possível libertar-se dessas dependências repudiando-as. Livrar-se de uma não liberta das outras. E há uma infinidade delas. Não só os deuses nos governam; têm inúmeros êmulos leigos, dos quais é mais difícil defender-se. Vivemos rodeados por conjuntos conceptuais de todo tipo, que nascem, se mantêm, florescem e exercem, sem que o saibamos, total controle sobre nós. Como viver sem eles, seja para escolher uma pasta de dente com flúor ou para pasmar diante de um quadro abstrato! Nas mínimas coisas, em virtude do que conseguiríamos nos situar, a não ser submetendo-nos a referências às quais atribuímos o poder de nos guiar com segurança, enquanto estiverem vigentes? Cada um de nós depende das próprias referências, sobre as quais não tem outro controle senão mudá-las sem muita liberdade. Aquilo a que podemos nos referir responde à necessidade de não delirar, ou seja, de constituir uma caução exterior. Do mundo que nos rodeia, que acreditamos ver com nossos próprios olhos, vemos apenas aquilo que esses conjuntos de coerência nos fazem ver. A imagem que temos de nós mesmos, de nosso corpo, de nossa mente, embora pareça objetiva e realista, é composta de representações imaginárias de duração flutuante. Nossos modos de ver tiveram um início e terão um fim, como tantos outros antes deles. Eles nos organizam enquanto se mantiverem, graças a nós. Quando nos damos conta de que foi preciso esperar Harvey no século XVII para saber que o sangue circulava! Existirá alguma realidade fora de sua evocação? O homem só sabe aquilo a que seu pensamento está enfeudado, amontoados de doutrinas presentes sob a forma de migalhas esparsas de saber, às quais sem se dar conta está submetido para pensar e exercer seu espírito mais crítico. São estes seus aliados. Servir a todos não é fácil. Eles são exclusivistas e suscetíveis. Ainda que alguns se associem, outros se combatem. Em nós, evidentemente, pois não existe outra realidade senão aquela que cada um lhes dá, o que não diminui nossa dependência. Se nos repugna atribuir a esses conjuntos ideológicos, desatinados e inapreensíveis, a qualidade de "vivos", é porque confundimos esse termo com o de orgânico, por hábito. Castañeda explica claramente que somos nós que damos vida a esses moldes de pensamento que necessitam de nossa energia para se manterem vivos. O marxismo se fez servir de modo imperial. A energia humana que empregou para a sua devoção e a seu serviço é inestimável. Os sacrifícios que exigiu, por mais fantásticos que tenham sido, não puderam impedir que suas asas se quebrassem. Como tantos e tantos dogmatismos. Quem sabe renasça? A bem dizer, não parece totalmente morto. Não é seu gigantismo que fascina, mas a impossibilidade de atingir sua cabeça pensante, pois ele tinha mil e uma. Mesmo as mais elevadas dentre elas tinham de contar com a vida, a inércia ou o entusiasmo daquele corpo de milhões de células.

Cara M.L., espero que você não confunda nádegas vivas com os fundilhos de calças inanimadas. Apoiando-me nessa extraordinária metáfora dos seres vivos inorgânicos, tento fazer com que você sinta a que se vinculam nossos preconceitos, nossas opiniões sinceras, nossos pensamentos, tanto os mais importantes como os mais insignificantes. "Aliado" é uma condensação lingüística que associa à existência das ideologias a corrente constituída por nossas relações com elas. As conversas de salão assim como as dos cientistas são um bom exemplo do fantástico poder que exercem sobre nós as idéias que nos impelem ou nos retêm. Acontece de se renunciar a uma amizade por causa de um preconceito. Nos conflitos de opiniões, lutamos por ideologias, e estamos dispostos a jurar que não é em proveito pessoal. Defender as próprias idéias é algo valorizado, sacrificar-se por elas é reverenciado.

No que me diz respeito, o que incrimino não são, como você acha, as afirmações, mas sim, para que nos serve afirmar. Não contesto as convicções, mas o crédito que lhes damos para justificar qualquer coisa. Considerar as opções ideológicas como "vivas" ou não, é secundário em comparação com seu uso partidário. Você diz que sempre repito a mesma coisa; é verdade. Faço isso na esperança de me persuadir, sem nunca conseguir, de que meus pensamentos não me pertencem. Na melhor das hipóteses tomo-os emprestados, na pior, sou vítima deles.

No terreno que nos é mais familiar, você já deve ter adivinhado que a neurose é o exemplo perfeito do aliado que ficou intempestivo. A condição infantil que nos fez escolher uma atitude defensiva como aliada há muito ficou para trás. Ela continua, porém, ativa em nós, exigindo fidelidade, às vezes ao preço de muita energia. O aliado em questão é freqüentemente uma migalha de certeza infantil que se implantou porque parecia salvadora, exigindo apenas que nos submetêssemos a ela: "Se eu fizer deste jeito, tudo vai dar certo" ou "Se eu não fizer tal coisa, nada de ruim poderá me acontecer". A dependência que disso resulta às vezes é tamanha que se faz necessário recorrer ao difícil e longo procedimento da psicanálise para que ceda. Quando se pressente que as coisas possam vir a aparecer sob outra ótica, costuma-se produzir um grande desamparo. Este seria o sentido dos combates homéricos de Castañeda, tomado de angústia ao ver volatilizar-se o mundo das certezas que o inseriam na vida cotidiana. Mas o que acontece com todas as alianças que não nos incomodam? Certos homens gabam-se de não ter mudado seu modo de ver a vida inteira e orgulham-se dessa constância. A quem acreditam dedicar tamanha fidelidade? Aos manes de seus ancestrais, à imago de seu país, aos deuses de sua religião, ou a alguma outra entidade tutelar com a qual acreditam ter concluído um trâmite honroso, que tanto os aprisiona como promove?

As guerras religiosas, as divergências científicas mobilizam facilmente os homens. Dão sentido à vida deles. Para outros, serão os carros em miniatura. Cada qual julga em conformidade consigo mesmo o mundo no qual está enredado. O que é fundamental para um não passa de futilidade para outro. É de maneira quase inextricável que nos referimos sem parar, sem nem mesmo nos darmos conta, a tal ou qual "aliado" para pensar. Acreditamos deliberar por nós mesmos, quando na verdade somos apenas o reflexo de exigências que lutam dentro de nós, e longe das quais perderíamos a razão. Seria a loucura. "Ser louco não é para qualquer um", dizia alguém que queria que o fôssemos à sua maneira. Se conseguimos não sofrer demais quando, às vezes, nos sentimos dilacerados por dentro é porque levamos o combate para fora. É assim que nascem as discordâncias entre os homens, mais preocupados em se convencer do que em se compreender. Podemos recorrer a inúmeras argúcias para não vermos desaparecer o poder que atribuímos ao que nos tranqüiliza. A intolerância, o racismo do pensamento, seria um fator de equilíbrio: "Essas pessoas são iguais a nós, mas o que elas pensam não!" Por isso os conflitos ideológicos remontam à noite dos tempos, dos tempos humanos em todo caso. Só terminarão quando mais nenhum homem defender o que defende. Até lá, será num inacabamento permanente que a obra humana encontrará o penhor de sua sobrevivência.

Cara M.L., estou lhe escrevendo um fax, não um livro. A intenção de minha divagação sobre os seres inorgânicos de Castañeda é apenas que você perceba em que medida os homens estão presos a suas idéias, em que medida estão muito mais a serviço delas do que delas dispõem livremente. Se há algo a que eu queira exortá-la é a, de vez em quando, dar-se ao trabalho de perceber tudo aquilo a que é obrigada a se submeter para pensar. A tarefa é árdua, se não impossível. Mas essa tentativa, por menos que a repitamos, tem pelo menos a virtude de nos incitar a não nos identificarmos demais com o amálgama disparatado, supostamente nosso aliado, mas que acabou nos submetendo docemente até subjugar totalmente nossos juízos.

Se "Eu" é um outro, "Eu" é mais ainda uma cilada. Talvez seja vantajoso acreditar que se é o que se pensa e que não se é o que não se pensa. Dessa miopia, fonte do recalcamento, resultam muitas servidões. O orgulho e a culpa são males menores em comparação com a enorme resistência a mudar: mudar de idéias seria perder a identidade. Nossa grande reticência a escutar o ponto de vista dos outros equivale ao nosso medo de sermos destruídos. Não se deve acreditar que o que nos liga a nossas idéias é sempre de ordem narcísica, como parece; geralmente é algo de ordem conjuratória. A pretensão ideológica de nosso intelecto mascara a expectativa fantasística que incita à escolha das opções. O fato de se tomar partido do que se pensa emana menos do amor por si do que de uma virtude propiciatória atribuída aos pensamentos. Pensar é com mais freqüência um ato de fé que uma reflexão. As idéias que defendemos visam a uma aliança com aquilo a que isso parece nos aparentar, como um totem que é preciso honrar e preservar a qualquer custo. É nesse sentido que a parábola de um pacto com "aliados" leva a pensar numa função transferencial do pensamento. Daí nossa necessidade de falar para não dizer nada e, no entanto, significar. Como estou fazendo agora com você! "Não sei por que, mas dizer-lhe isto me alivia!" Quem já não foi interpelado dessa maneira?

Talvez tenha sido isso que você pressentiu na leitura de meu louco ensaio do Macintosh consertado. Você sugeriu que minha propensão a não acreditar nisso ou naquilo podia ser conseqüência de não ter acreditado no meu pai. O processo a que pareço submeter as idéias seria, nesse caso, a continuação do questionamento das idéias dele. Não poder confiar em nenhuma certeza seria o preço que eu continuaria pagando por ter deixado de acreditar nele, na ilusão de ter me libertado. Se me dissessem isso, não me sentiria humilhado. Teria inclusive completado: não seria, também e acima de tudo, minha mãe, em cujo poder eu teria deixado de acreditar devido a sabe-se lá que falta da parte dela? Obrigado, desde então, a viver por minha conta e risco, nunca mais teria confiado em nada.

Ainda seria preciso acrescentar o essencial. Por trás da visão flutuante que eu possa ter tido de meu pai, pressenti algo totalmente intangível que me perturbou muito mais que a falibilidade. E também na minha mãe. Eu teria evitado cuidadosamente reconhecê-lo, porque isso teria provocado em mim um insuportável sentimento de perdição. Esse algo, a respeito do que até hoje não tenho uma idéia muito clara, seria justamente aquilo que os reuniu. Em todo caso, o suficiente para me terem feito! Será que ainda sofro por ter nascido, e por não passar de um produto fortuito do que os aproximou?

E para você, prevaleceu o contrário? Você tem o sentimento de ter sido o principal objeto de seu pai, depois de tê-lo sido de sua mãe? Será que, por isso, você, a intelectual que você se tornou, busca desesperadamente substituir essa presença fiável por uma concepção das coisas à qual você possa se entregar, em total segurança, numa quietude perfeita por fim reencontrada?

Infelizmente, tanto para mim como para você, os "aliados", que nos subjugam e submetem, prometem mais do que dão. Prendem-nos na armadilha de uma busca sem fim, pois nada de atual poderia apaziguar nossas expectativas passadas. Por causa desse objeto perdido que nunca tivemos e que nunca teremos, estamos fadados a continuar sendo crianças inacabadas, em perpétua necessidade de compreensão, engenhoso substituto do amor perfeito.

Seu J.-C. L.

EXCELÊNCIA PARADIGMÁTICA DA CENA PRIMITIVA

"Um belo dia, meu pai sentiu vontade de acariciar o ventre de minha mãe, o que já me incomoda. Mas, ademais, por causa disso eu continuo, muitos anos mais tarde sobre este divã, subjugado ao vínculo entre isso e quem sou, e até mesmo entre isso e o que estou dizendo neste momento!"

A menininha anuncia toda contente na sala de aula que, no Natal, seus pais vão lhe comprar um irmãozinho. "Você tem sorte – responde-lhe um colega –, na minha casa a gente mesmo é que faz, porque somos muito pobres."

A anedota presta-se ao riso. Achar graça desvia nossa angústia. Achamos engraçado que uma colocação inocente disfarce a realidade carnal de nossas origens sob a capa de um estranho procedimento coletivo. "Meus pais são pobres demais, eles mesmos têm de fazê-los" também nos faria sorrir, por transformar em dever um prazer que, nesses assuntos, preferimos ignorar.

No que tange à nossa vinda ao mundo, temos a arte de envolver numa certa nebulosa o que ao mesmo tempo não ignoramos e não sabemos. Todos têm o direito de obscurecer à sua maneira a seqüência de sua concepção. Por isso, ao contrário daquele menininho realista, um paciente afirmava que entre seus pais não havia lugar para sexo, chegando a dizer que a mãe nunca tivera relações sexuais com o pai. No entanto, a propósito de uma foto do casamento de seus pais, ele disse: "Dessa vez [*pour le coup*], eles estavam unidos!" Fórmula ao mesmo tempo banal e não banal. "Que vez? [*Pour quel coup?*]"[1], arrisquei, provocando, após um instante de hesitação: "Se você está falando do meu nascimento, minha mãe só fez isso para me ter." Meu subentendido, uma obscenidade áspera, fora perfeitamente recebido. Minha alusão era arriscada, não pelo seu caráter incongruente, mas porque naquele momento esperava-se de mim a conivência com uma total rejeição de um pai, que eu galhardamente introduzia no coração da mãe, se me permitem tal eufemismo. Quanto ao sentido trivial, eu sabia que seria escutado. Para aquele homem, a vida sexual consistia sempre em "dar umas metidas [*tirer des coups*]". Minha intervenção pretendia confirmar a natureza feminina da mãe que geralmente optamos por abolir pois nos incomoda aceitá-la.

Curiosamente, a imagem materna elude seu componente carnal, como se o momento do parto pudesse excluir o da concepção. Por isso, quando mencionamos nosso nascimento, referimo-nos apenas a um dado cronológico de nossa existência, nada mais. Nossos pais, por sua vez, só estão presentes em nosso nascimento quando nos empenhamos expressamente em convocá-los. Quanto ao papel deles nesse assunto, por mais implícito que esteja, está bem escamoteado.

A recusa da cena primitiva nem sempre se limita à sua omissão, podendo chegar a adotar a forma mais paradoxal da

---

1. Em francês, o diálogo é o seguinte:
– Là, ils étaient unis, pour le coup!
– Pour quel coup?
O analista interpreta o duplo sentido da palavra "coup" em francês: vez, ocasião e o uso familiar da palavra que faz referência a um ato sexual. (N. da T.)

inversão, como quando se lamenta não ser o pai do próprio pai, ou a forma ainda mais radical de não ser seu próprio pai. Essas fantasias equivalem à anulação de uma origem sentida como importuna, mas que, no entanto, é afirmada pela candura do que a nega. É uma forma condensada de romance familiar, como no breve relato de sonho de uma jovem: "No meu sonho eu estava fazendo amor, quando de repente pensei: é isso a cena primitiva. Além do mais, era minha própria concepção e eu era... minha mãe. Foi algo realmente simpá(tico)." O que foi devolvido em eco com um: "Realmente simpapá"[2].

Afora suas menções mais ou menos manifestas, a cena primitiva oculta-se em expressões mais latentes, donde meu título um tanto rebuscado, que quer dizer que o que concerne à cena primitiva é característico do trabalho que ocorre no conjunto dos procedimentos revelados pela metapsicologia.

Certo dia uma paciente anunciou, envergonhada, que não se sentia mais atraída pelo homem que finalmente conseguira convencer a abandonar a mulher para casar-se com ela. Não era a primeira vez que isso acontecia. Será que essa paciente evitava repetitivamente a angústia de tomar, depois de tê-lo desejado, o lugar simbólico de uma mãe invejada? Isso evocaria uma ressonância edipiana clássica. Ela esclareceu: "Meu desagrado diante disso é menor do que o desalento que sinto em contá-lo a você." Esse adendo me fizera evocar a cena primitiva, que nunca fora mencionada. O que podia justificar que, no momento mesmo em que essa mulher iria ser desposada por aquele que arrancara de sua rival, ela subitamente não encon-

---

2. Esta interpretação é possível apenas em francês, pois é comum usar a forma abreviada "sympa" para simpático, agradável, legal. (N. da T.)

trasse o que esperava? Essa mulher, que não suportava a mãe, teria pressentido que sua vitória não sanaria a superioridade dessa mãe detestada? A humilhação de ter de reconhecer essa inextinguível dependência apresentava-se então discretamente na transferência, sob a forma do desalento em reconhecer. A fantasia subjacente, como tantas outras fantasias, era difícil de comunicar, sobretudo devido à sua ingenuidade infantil: "Quando eu era pequena, achava que, se meu pai se casasse comigo, minha mãe não seria mais minha mãe." A rivalidade edipiana fracassava no que a cena primitiva tinha de indelével.

Para neutralizar a dependência em relação à mãe, o romance familiar exclui muitas vezes seu papel procriador. Negá-lo liberta de um vínculo que, caso contrário, seria imprescritível. Costuma-se minimizar o peso da cena primitiva na rivalidade edipiana. Esses dois tempos estão inevitavelmente imbricados. A rivalidade edipiana caracteriza-se por se exercer entre seres regidos pelo laço de filiação. Pensá-la sem considerar a parte desempenhada pela cena primitiva deixa de lado boa parte do que a constitui. No entanto, a rivalidade edipiana e a cena primitiva, por mais entremeadas que estejam, mantêm sua dinâmica própria até mesmo numa sintomatologia confusa. A cena primitiva foi inicialmente considerada um trauma, ou seja, a causa de excitações que a criança não teria condições de controlar, como está descrito na *Traumdeutung*. Mas, afora isso, devido à sua função geradora, na cena primitiva encontram-se todos os elementos para constituir um trauma metafísico. O ato que nos concebeu, por mais inegável que seja, é pouco assimilável. O fato de não podermos aceitar facilmente o processo de nossa origem não ajuda a integrá-lo à nossa história: "Então, assim, um belo dia, meu pai sentiu vontade de acariciar o ventre de minha mãe, o que já me incomoda. Mas, ademais, por causa disso eu continuo, muitos anos mais tarde sobre este divã, subjugado ao vínculo entre isso e quem sou, e até mesmo entre isso e o que estou dizendo neste momento." Tem-se a impressão de que é UM paciente que fala. E talvez, presentemente, eu me incline a privilegiar suas palavras, pela boa razão de que elas também falam por mim.

Devo confessar que a cena primitiva, aquela que me concerne pessoalmente, não está entre as coisas sobre as quais eu costume estar espontaneamente tentado a pensar. Afora seu componente escabroso, mais ou menos facilmente domesticável, essa cena destaca demais minha total carência no ato mais conseqüente de minha vida. Ela também abala o sentimento um tanto ortopédico que acredito ter de minha continuidade temporal, fazendo aparecer a contingência de minha existência. Toda cena primitiva incomoda pela dimensão eminentemente arbitrária do fruto que dela pode resultar.

Recentemente, um político americano, para defender sua oposição ao aborto, proclamou publicamente: "Na qualidade de antigo feto, sinto-me feliz hoje de ver o sol." Essa afirmação não deveria incomodar ninguém. Em contraposição, eis o relato de uma cena curta e espantosa, no sentido em que, algumas dezenas de anos depois, o espanto em que ela me deixou ainda não se dissipou por completo. Eu cursava o segundo ano do ensino médio no liceu Louis-le-Grand. Minha classe era muito ou pouco bagunceira dependendo dos professores. Um deles, embora não fosse muito importunado, achava que o era demais para o seu gosto. Certa manhã, para fazer com que cessassem as conversas furtivas, pronunciou, sem elevar a voz, uma pequena frase com que obteve, no mesmo instante, uma definitiva e plena submissão. Hesito em relatar essas poucas palavras, pois elas evocam o que ninguém imagina com agrado. Ei-las, porém: "Prestem atenção ao que lhes digo, seus resíduos de bidê!" Se ler essa curta frase não provoca nenhuma reação, outra coisa é ser apostrofado dessa maneira aos quinze anos. Indefesos, meus colegas e eu fomos diretamente confrontados com a realidade mais sórdida da cena de onde nossa vida germinou. Nosso desconcerto foi tamanho que ficamos meses sem ousar falar a respeito entre nós. Saber que se foi concebido num encontro carnal nem por isso nos prepara para imaginarmos sem nenhum subterfúgio seus acasos fisiológicos.

Paradoxalmente, só podemos pensar nossa concepção e nossa morte negando-as. Imaginar a nós mesmos mortos transforma-nos em testemunhas, quando na verdade não o seremos de mais nada. Tentar imaginar nossa concepção nos torna contemporâneos dela, antes mesmo que o possamos ser de qualquer coisa. Desse coito parental, fadado a permanecer imaginário, deverá resultar uma gravidez bem real. Evocar essa cena primitiva, não apenas seu conceito, mas seus pormenores, é, para além da engrenagem infinita dos acasos que esse corpo-a-corpo venturoso de nossos pais exigiu, perceber toda a incerteza de seu alcance e de seu fruto. Evocar a cena é encontrar-se no momento em que seu produto ainda era problemático. Por isso, somos tentados a incitar esses futuros pais a fazer bem-feito o que estão fazendo; no entanto, ao imaginá-los assim ocupados, vemo-nos tomados pela evidência de não ter lugar algum nesse assunto. Para poder acreditar estar lá, sem ter advindo mas assim mesmo já presente, seria preciso supor-se desejado e, embora ainda virtual, imaginar-se no centro de toda essa maquinaria. Mas presumir estar ali como um desejo (ou como um risco, aliás) seria puro delírio, porque, na verdade, o que pudesse ser esperado (ou temido) nada continha, naquele momento, de nossa bela consistência narcísica. O que não impede que se escute o seguinte: "Era preciso que minha mãe me amasse para aceitar submeter-se ao desejo de meu pai!"

*

A cena primitiva, além da excitação inadministrável que pode suscitar na criança, contém todos os elementos para provocar, até mesmo no adulto, um certo desamparo. Nossas vidas estão expostas a inúmeras circunstâncias arbitrárias, mas nunca numa semelhante situação de tudo ou nada. Quando se viu a morte de perto e se sobreviveu a ela, pode-se ver nisso um milagre, agradecer a Deus, a sorte etc. Mas, em relação à cena primitiva, quero ver quem reconhece o milagre que atraía nosso pai para nossa mãe! A gênese dessa cena é mais fácil de recusar, como quem não tem nada a ver com isso! Imaginar simplesmente que poderíamos ter nascido em outra época ou em outro lugar, supor que poderíamos ser de outra raça, quando não de outra espécie ("Gostaria de ter sido um gato!"), é ver o nascimento como uma loteria que poderia ter nos presenteado com um outro lote de particularidades. Pois bem, não! Sem o encontro muito preciso do qual proveio, ele ou ela que estivesse pensando isso simplesmente não existiria. Na imensidão do universo, uma cópula eminentemente improvável nos criou em conseqüência desse ato único e insubstituível. É verdade, todo o mundo sabe disso. O que não me impede de desejar ser minha irmã, ou nascer americano, embora eu não fale inglês!

Obnubilados pela percepção do universo que nos rodeia, desconsideramos que essa cena, na qual não tivemos nenhuma participação, está na origem desse universo. Não só não perguntaram nossa opinião antes de nos pôr no mundo, como tampouco nos perguntaram em qual mundo. Nascer sumério, nova-iorquino ou tibetano evidentemente não dá acesso ao mesmo universo. No mesmo quarteirão, no mesmo andar, na mesma família, ser o mais velho ou o caçula tampouco proporciona uma mesma realidade, nem os mesmos pais. O que teve tanto poder de constituição sobre nossa existência não nos deixa escapatória. Em comparação a isso, as originalidades com que viermos a vestir nosso destino serão de importância negligenciável. A cena da qual cada homem surgiu lhe impõe, junto com a existência, a textura de si e de sua realidade. Lugar imaginário de uma suposta liberdade de pensar, cada ser humano é prisioneiro dos dédalos que sua época e seu meio lhe infligiram para percorrer o mundo. Não existe nada cuja origem seja mais fortuita que o jugo que nos constitui, nada está mais selado. Inclusive os objetos que nossos pensamentos manejam, nada escapa a perspectivas impostas. A matéria de nossas opiniões sobre o bem, o mal, a justiça, sobre o direito do mais forte ou do mais fraco, reina sem que o saibamos sobre nossa vida mental. Que a lei romana do *pater familias* tenha dado lugar à instauração dos direitos da criança é um exemplo entre mil da infinita variedade de valores que somos obrigados a interiorizar. A exploração dos escravos, dos proletários, dos prisioneiros, dos empregados domésticos etc. sofreu mutações comparáveis às do direito das mulheres, dos velhos etc. Ficamos revoltados ao saber que, por um consenso social, os idosos tenham sido abandonados, mesmo se o que hoje se reserva a eles muitas vezes não seja nada melhor. Se, em nossas sociedades, os pais não têm mais direito de morte sobre sua progênie, em outros lugares ainda é normal afogar as meninas. Certas pessoas, que não aceitam matar no ovo um ser ainda não feito mas que teria direitos, parecem se acomodar melhor às guerras que matam homens feitos, que teriam menos direitos. Em total conformidade com os usos do lugar e do momento, a textura das convicções que se oferecem à consciência gera escolhas, em última instância secundárias. Seriam mais sedentos de sangue aqueles que preferiam os jogos circenses aos jogos em estádios? O mundo cultural que presidiu ao desenvolvimento de nosso pensamento, a sociedade que instituiu nossos valores, a família que nos ensinou suas palavras, tudo isso se impõe bem além do que algum dia possamos compreender, pois também esta compreensão está submetida ao que a estruturou. E isso ainda é pouco se pensarmos que, da cor de nossos olhos ao fato de pertencermos a determinado sexo, nosso destino com certeza é a anatomia. Entende-se por que o homem se agarrou à migalha de liberdade que acredita ter, no campo bastante reduzido que lhe resta.

Temos de aceitar que, naquilo que nossas origens implicam, há mais de imutável que de flexível. Conseguir tomar alguma distância em relação ao nosso meio nada muda quanto à nossa etnia. Conseguir compensar uma debilidade congênita ou chegar até a mudar de sexo (!) terá como única virtude, como no caso de tingir os cabelos, fazer aceitar todo o resto. As singularidades que cada qual terá de sustentar poderão fazer com que reverencie sua linhagem ou deseje rejeitá-la; este será seu modo de integrá-la. A cena primitiva, nas mil e uma formas com que é registrada, representa o que há de mais irredutível da realidade de cada um. Pode-se ver nela o equivalente de uma castração simbólica, pois não há outra escolha senão suportá-la. Sua recusa, que provoca a contestação permanente, será apenas um modo transvestido de afirmá-la.

*

Os analistas nunca mencionam muito o fato de que o que afirmam estar em jogo numa análise é estritamente equivalente ao que eles supõem que esteja. Analista ou agrimensor, estamos sempre às voltas com o que percebemos. Mas o analista não se encontra, como o agrimensor, diante do que é manifesto. O que lhe importa não é a medida objetiva do que é dito, mas a percepção subjetiva da relação imaginária que o discurso tenta estabelecer. A psicanálise fundamenta sua prática atribuindo uma intenção transferencial às associações que surgem em sessão. Ora, a psicanálise é sempre UM psicanalista, e será sua inspiração do momento que elaborará os processos inconscientes do paciente. Um quadro clínico, *a fortiori* o relato de um tratamento, não acarretará *ipso facto* a adesão dos outros analistas. Cada um tem sua gama de sensibilidade e possui seu modo pessoal de sentir o que está em jogo na transferência.

A não-conformidade da psicanálise aos critérios da ciência decorre do fato de que cada analista especula à sua maneira com o extraordinário jogo de substituições inventado por Freud. É a própria análise do futuro analista que, sessão após sessão, terá inculcado nele o que constitui a realidade psíquica, conforme aquilo a que seu próprio analista tenha sido receptivo outrora, por ocasião de seu percurso conjunto. O registro das instâncias psíquicas lhe aparecerá segundo aquilo que sua própria análise lhe tiver inculcado. A especificidade do divã que o engendrou impor-lhe-á uma família de origem. Esta família será tão pouco anulável quanto a da cena primitiva, mesmo que possa, como a primitiva, ser abandonada por outra, mais ou menos adotiva. Isso em nada mudaria a estrutura do universo analítico ao qual o analista incorporará sua família de acolhida e o mundo da psicanálise. A menos que se ponha novamente a caminho e se veja preso a outros valores! Diferentemente do que sucedeu com nossa procriação, antes de empreender um percurso analítico, tem-se a liberdade de escolher o "genitor-analista".

Pelo menos dessa vez podemos dar nossa opinião antes de sermos engendrados. Grande coisa! É totalmente às cegas que a damos!

Durante uma análise, podem aparecer na transferência excitações arcaicas, repetições daquelas, bem conhecidas, do "pequeno perverso polimorfo". Isso pode provocar no analista mais angústia do que jamais provocaria a percepção, mais abstrata, do "objeto pequeno *a*" lacaniano, para introduzir o que se segue de forma um tanto abrupta.

Durante um século, adendos de todo tipo vieram enriquecer a teoria freudiana. Independentemente do que trazem de original, e sem dúvida por isso mesmo, parecem ter a imprevista conseqüência de desnaturar o que, para Freud, constitui a neurose *via* recalcamento, a saber, o sexual. É difícil entender a serviço de que estão essas novas perspectivas, se não for para tornar menos abrupta a violência da tese freudiana, para apresentá-la sob uma forma mais tolerável. Que outro motivo poderia incitar a colocar tantas idéias não-freudianas entre Freud e nós, supondo que isso facilitaria o acesso a Freud? Agradáveis por seus lotes de ofertas teórico-metafóricas, esses adendos nos fornecem um registro de conceitos que afastam o insuportável, cujo paradigma bem poderia ser a cena primitiva. Os "nós borromeus" são um exemplo dessas metáforas pós-freudianas. Esses nós devem permitir a compreensão da complexidade do inexorável que compõe nossos destinos de maneira particularmente expressiva, graças à complexidade de sua textura. Constituem uma abordagem intelectualizada da combinatória à qual a cena primitiva subjuga mais naturalmente. Dessas duas figuras do inexorável que são a cena primitiva e os nós borromeus, a representação desencarnada é menos insuportável que a da realidade carnal. A correlação entre o erotismo presente em nossos pais e nossa concepção, que a cena primitiva nos obriga a fazer, fica ausente na metáfora dos nós lacanianos. A inexorável miscelânea de nossos destinos está presente em ambos os casos, mas não se deve desconsiderar que ela seja o resultado de uma incitação erótica. Omiti-lo permite eludir a vida sexual da mãe. O sucesso mundano que acompanha certos modos de abordagem da psicanálise denota uma sutil apropriação por parte do *Establishment* da peste freudiana. Nesse caso, o que a cena primitiva tem de insubstituível é o fato de continuar sendo, na história de cada um, a lembrança obrigatória e insistente da perturbadora sexualidade dos pais: "Eles devem ter feito isso pelo menos três vezes, já que somos três irmãos." Quem já não escutou isso alguma vez?

Os adendos à teoria freudiana propõem um retorno a Freud impondo-lhe, porém, um desvio. Podem ter a virtude de renovar o choque da descoberta e de atenuar o desgaste das palavras. Seu risco não reside no fato de que a sexualidade neles se encontraria recusada ou anulada, mas no risco de que ela seja complacentemente disfarçada. Assim, no que diz respeito ao pai, ver "no seu nome o símbolo de sua lei" é menos assustador do que considerar que foi o poder de seu pau que nos engendrou, durante essa cena primitiva tão batida quanto ignorada. Se a lei do pai é representável por seu nome, se o nome do pai é a marca de nossa filiação, portanto da inapagável cena primitiva, por que preferir uma representação dessexualizada? A lei do pai é menos a de sua autoridade que aquela, inflexível, de nosso engendramento em determinado momento, em determinada linhagem, com tal lote de singularidades. Essa lei, à qual nenhum ser humano escapa, talvez pareça desumana, por ser aparentemente injusta. Talvez ela seja compensável, mas certamente não é emendável. Esse poder exorbitante que assim exerceram nossos pais sobre nós nada tem a ver com sua autoridade, forçosamente derrisória, em comparação com aquilo que eles inconscientemente nos impuseram. Existem, contudo, analistas para quem francamente não é mais de bom-tom evocar "papai-mamãe" nas interpretações, banalidade esta que os rebaixaria. Seria preferível... tanto eu como vocês sabemos o que, hoje em dia, estaria mais em voga preferir a esses pais, que, mesmo já tendo sido exaustivamente mencionados, não deixam de ser a circunstância de nossas mais duráveis sujeições.

Retomar a cena primitiva dá a dimensão de seu poder sobre qualquer evocação parental e, no limite, sobre qualquer palavra pronunciada, pois a palavra não tem como escapar da encarnação particular que estabeleceu sua implantação. Os homens raramente questionam o fato de serem meninos, ao passo que as mulheres freqüentemente se perguntam o que fez delas meninas. Essa é a fonte de muitas fantasias femininas. Ter tido de se situar em relação ao que a destinação feminina parece ter de inexorável, e às vezes de injusto, talvez tenha sensibilizado mais as analistas para os efeitos imutáveis da cena primitiva, cujo papel determinante nas questões da análise elas tenderão a desconsiderar menos.

*

É claramente evidente que o conflito edipiano, a dilacerar a criança entre seus pais, governa personagens ligados pela cena primitiva. Os dois momentos-chave do destino de qualquer criança que são a dita cena e o dito conflito não têm, apesar de sua estreita correlação, devires solidários. A criança, seja qual for a maneira como o resolva, não pode deixar de inventar uma solução para seu conflito edipiano. Seja a solução uma falsa submissão ou uma vã secessão, com o declínio do conflito ela manifestará seu poder de repetição neurótica. No que tange à cena primitiva, a criança só pode integrá-la pela via do recalcamento e da fantasia. Nisso irá operar aquilo que representa um dos aspectos mais impressionantes da sagacidade de Freud, a saber, que o que não pode ser rememorado reaparece como realidade, particularmente como realidade transferencial. Por isso cabe à cena primitiva ressurgir em comportamentos muito distantes de seu registro aparente.

Eis um homem movido de forma totalmente consciente por uma forte rivalidade com o pai, da qual tira a essência de sua energia para ter sucesso. Quase no auge de sua carreira, começa a deprimir e a perder seu costumeiro *punch* profissional, precisamente no momento em que, diz ele, finalmente afirmaria sua superioridade sobre o pai. Poder-se-ia evocar uma neurose de fracasso que impedisse esse filho de rivalizar com o pai, se tantas exceções não viessem contrariar esse princípio. É mais tentador relacionar esse fiasco com a cena primitiva, pois nesse caso nada consegue anular o laço que submete ao pai. A rivalidade fora até então percebida como estimulante: "Sempre quis fazer tudo o que meu pai fez. Quanto mais consigo, mais tenho vontade de fazer. Mas, de uns tempos para cá, sinto-me um pouco esmagado por meus esforços." "De se fazer a si mesmo?" Discretamente sussurrada porque a considero um tanto abrupta, essa interpretação recebeu a seguinte réplica: "É, meu ideal sempre foi ser um *self-made-man*, mas... é evidente que nunca poderei me fazer a mim mesmo, meu próprio pai não o fez. Aliás, li em algum lugar que os pais não dão a vida, só a transmitem. Nisso, meu pai não tem nenhuma superioridade." "Sem dúvida, mas tem uma anterioridade que você é obrigado a lhe conceder." Essa observação não caiu do céu, estava baseada no fato de que para esse paciente estar em análise era muito penoso, chegando a rejeitar o analista nos seguintes termos: "Só suporto estar aqui porque não posso consultar Freud!" A inevitável anterioridade de seu analista sobre ele, na sucessão das análises, tinha grande semelhança com a do pai na seqüência das gerações. Não era isso a atualização discreta de uma cena primitiva que nunca fora considerada como dominação imutável do pai? Em todo caso, era a ocasião transferencial de referir-se a isso. Talvez tenha sido essa a causa do que se seguiu (quem poderá saber?): a tenaz recusa desse paciente a tirar proveito de sua análise atenuou-se ao mesmo tempo em que parou de vilipendiar o pai. É possível situar-se em relação ao pai sem abordar explicitamente a cena primitiva, pois esta está ativa em muitas outras situações. Contudo, para que um homem maduro, que se empenha em ignorar a cena primitiva, tome consciência da rivalidade com o pai, o desvio pela dita cena produz um efeito contundente.

A cena primitiva, na qualidade de elemento do conflito edipiano, encarna o núcleo resistente desse conflito. A forma como cada um integrou a cena de sua concepção virá a ser o paradigma de sua relação com o mundo. Aquilo que, em total ignorância de causa, cada um fez de sua longínqua origem, comandará seu acesso a tudo o que lhe tiver preexistido e, particularmente, pesará sobre sua aquisição de conhecimentos e sobre sua relação com o saber. A cena primitiva, conforme o destino que lhe é dado, organiza até mesmo a faculdade de pensar. A criança que bem ou mal forja teorias sobre sua vinda ao mundo nem imagina que está estabelecendo firmemente o âmbito e os limites de seu funcionamento psíquico. O *Denkverbot*, o interdito de pensar, cuja importância Michel Gribinski reatualizou faz alguns anos, concerne tanto às dificuldades escolares, sintoma aparente, como à soma de nossos... desinteresses, sintoma inaparente.

Muitos homens dão enorme atenção à originalidade de seu pensamento, sem dúvida para mascarar tudo o que há de implantado em sua origem. Para eles, a busca da novidade nos modos de ver pode ocupar um lugar capital. Para o inventor da psicanálise, este era um assunto importante. Freud parece ter conseguido o feito de ser o criador, sem anterioridade flagrante, do cerne de sua doutrina. O vínculo com Freud está, por isso, implicitamente operante em toda atividade analítica, mesmo se esse vínculo não estiver presente no espírito de quem a pratica. Esse vínculo materializa-se nas singularidades da relação com a doutrina freudiana. Esse vínculo com Freud vai do reconhecimento sem reservas ao reconhecimento sob reservas, passando pelo reconhecimento com reservas. Cada analista tem de aceitar a filiação a um antepassado imposto e, em conseqüência de sua própria análise, lidar com o que esse antepassado legou. De um século para cá, não obstante suas particularidades, todos os analistas são filhos de Freud. Seus estados de espírito para com esse pai-referência espiritual, oriundos do declínio de sua transferência, manter-se-ão por necessidade psíquica no *a posteriori* de suas análises. No que tange à doutrina analítica, é pela natureza de seu vínculo com Freud que todo analista irá optar entre uma submissão intangível e portanto tranqüilizadora, uma crítica refletida e portanto narcisante, ou uma afortunada cooperação numa obra comum com Freud, e portanto euforizante. Freud está necessariamente presente na elaboração de todos os trabalhos psicanalíticos. De uma maneira ou outra, ele está incluído. Foi em relação a esse pai fundador, quando não para ele, que se edificou a profusão da literatura analítica. Assim como ocorre com aquilo que decorre da cena de nossas origens, os floreios com que acreditamos ter de paramentar nosso pensamento psicanalítico não têm qualquer poder de esfumar sua filiação, e mal a enfeitam. Não encontramos, contudo, aqui e acolá, algumas pessoas que brincam de ser o próprio pai?

Já faz alguns anos que se assiste a uma impressionante proliferação de obras que, para o público não analista, ameaça fazer desaparecer a essência da descoberta freudiana. Muitos desses trabalhos são, na verdade, porta-vozes de uma insidiosa denegação implícita, simplesmente porque desviam a atenção da... cena primitiva. Na verdade, quando se propõe um acesso à psicanálise pela leitura ou pelo ensino, apresenta-se a psicanálise como uma experiência que pudesse ser concebida fora do campo da cena... de sua transmissão. Não é por acaso que a doutrina formula formalmente que a única via de acesso à realidade metapsicológica é a exploração dos laços de filiação, através da transferência. A vivência que dá coerência a toda especulação analítica não é substituível por uma elaboração racional, sedutora para a mente, mas sem qualquer referência ao que é sentido na situação. Propor uma abordagem textual da análise que não passe por esse vínculo equivale a "oferecer simples cardápios a pessoas esfomeadas", para retomar essa bela parábola.

Alguns analistas devem lembrar de ter escutado Jacques Lacan, durante um seminário dos anos 50, reler para seu auditório algumas linhas de Freud, antes de exclamar: "Palavra, parece até que Freud veio ao meu seminário!" Essa transparente antífrase buscava evidentemente o claro reconhecimento, por sua inversão renegadora, daquilo que torna o pai da psicanálise eminentemente presente naquele seminário. O falso espanto de encontrá-lo ali lembra o jovem que dizia, com um prazer não dissimulado: "Ontem deparei com uma foto do meu avô; é incrível como ele se parece comigo!" O fato de a substância de nossos pais elaborar nossa própria substância é dissimulado pela necessidade narcísica de nos afirmarmos. Raramente implicada nos acasos de nosso destino, a cena da qual nosso ser germinou continua sendo o crime perfeito que selou nossa sorte.

OS BASTIDORES DA EXCITAÇÃO

Infeliz no jogo, feliz no amor?

> Por debaixo do que sabes,
> há o que não sabes.
>
> PROVÉRBIO YAKI

É um jovem vestido sem desleixo nem rebuscamento. Os olhos pálidos de olhar perdido conferem-lhe uma presença como que transparente. A voz doce é daquelas que fazem calar, por medo de vê-las se apagarem. Aparentemente, é alguém que procura mais passar despercebido do que se impor. Desculpando-se por estar ali, logo me confia que não entende por que veio. Em seguida, iniciando sua história, conta alguns episódios de sua vida, movido por um fio condutor que me escapa. Detalha cenas mais ou menos antigas que não evocam o motivo de sua vinda. A fala tranqüila e a vestimenta discreta servem-lhe sem dúvida tanto para se esconder como para se mostrar, como é de bom tom que cada um faça. Escutando seu percurso, sensibiliza-me mais seu modo de se exprimir do que aquilo que evoca. O que ele diz do jeito que diz parece antes a conseqüência de uma desordem que não compreendo do que uma exposição. Noto que se demora retomando certas circunstâncias para avaliar seu grau de aleatoriedade. Nem mesmo suspeito que foi essa propensão que o levou a me procurar.

Embora para esse homem seja importante expor-se a seu modo, para o leitor importa menos acompanhar sua sinuosa progressão. De forma mais direta, direi portanto que, ao longo do que me foi dado escutar, percebi que aquele que me falava era filho único de pais abastados e que tinha sido um excelente aluno, particularmente em matemática, campo em que se destaca. Sem augurar o que esse jovem queria, deixei que seguisse as flutuações de sua fala, pelo que elas revelavam a respeito daquilo que o rege.

O analista aceita não entender desde o começo o que leva o paciente a procurá-lo. Como é que aquele que conseguiu se defender da angústia por meio de procedimentos que nem sempre percebe como sintomas, poderia desejar renunciar a eles e ter de enfrentar aquilo de que foge? Secretamente surpreendido entre dois fogos, não pode incriminar o que o protege, porque não padece com o que o sujeita. Por isso é inútil questionar quem, instado a justificar sua demanda, não tem meios de situá-la de outro modo que não seja aquele elaborado por sua neurose. Cabe àquele que o escuta perceber, no que lhe é relatado, o que implica que isso lhe seja exposto. O que é formulado é, decerto, o que apresenta menos problemas. Na demanda endereçada a um analista de ser aliviado de um sofrimento, o sofrimento se encontra a serviço de uma atitude que vai além do que ela acusa.

Diante desse jovem frágil, pergunto-me o que nele pôde inquietar a colega que o encaminhou para mim. Fico surpreso quando ele me diz que o que determinou sua terapia anterior foi a distração! Meu interlocutor esclarece que não é tanto a distração em si mas suas conseqüências, deploradas pelos que o cercam. Em suma, não é ele que se queixa, mas seus próximos, devido aos encontros a que não comparece, às propostas esquecidas, aos acidentes provocados. Contudo, e é isso que esse homem não entende, por essa razão ele está em psicoterapia há mais de um ano com a pessoa que agora o aconselha a fazer uma análise. Não compreende por quê. Eu tampouco vejo o motivo. Sei apenas que a colega que o encaminhou me disse que o estado desse jovem parecia exigir mais tempo do que ela podia lhe dedicar.

Na total latitude oferecida à fala pela regra da análise, logo apareceu que a distração desse homem era o reverso de uma extraordinária disposição para a meditação e a reflexão. Durante horas, que evidentemente não via passar, repassava mentalmente de cima a baixo problemas científicos, estratégicos ou históricos em seus mínimos detalhes, concebia mil e uma variantes, elas mesmas fontes de mil outras. Era plenamente consciente dessa tendência que, a despeito dos incidentes, muito lhe agradava. Essa tendência parecia menos refreada que deliberadamente alimentada, mesmo que fosse apenas pelas repercussões profissionais. Especializado na pesquisa informática do mais alto nível, era deixando sua mente retomar durante horas a fio de mil maneiras diferentes problemas considerados "impossíveis" que esse homem acabava descobrindo soluções "inesperadas". Esse sucesso evidentemente não amenizava de forma alguma sua propensão; ao contrário, estimulava-o a fazer de sua aptidão uma arte. Tinha na minha frente um distraído profissional ciente de que seus devaneios tinham sobre ele um poder que escapava ao seu próprio controle, o que, no entanto, ele não lamentava.

Esse homem sempre fazia o retorno de suas lembranças ser seguido de numerosas flutuações. Alguns vestígios de sua infância acabaram por se desenhar por trás de suas digressões. Durante seus primeiros anos, seu pai, freqüentemente ausente por motivos de trabalho, não pudera compensar as faltas de uma mãe muitas vezes hospitalizada. Diversos substitutos maternos tinham inclusive apagado um pouco as distantes lembranças dessa mãe, mais enevoadas, hoje, que as de uma governanta, mais fácil de abordar. A forte personalidade do pai dominara e ainda dominava a vida daquele que a relatava à sua maneira. O jugo da análise, que retomava o do pai, impôs facilmente sua regra. Nem bem instaurou-se a sucessão das sessões, longas crônicas imaginárias vieram preenchê-las, chegando a continuar de uma sessão para outra. Essa análise precisaria de muito tempo antes de revelar seu verdadeiro objeto.

Aquilo que garante a continuidade da organização mental pereniza igualmente o que é prejudicial e o que é proveitoso. A fantástica inércia que arrima o que nos constitui só aparece por ocasião de nossas provações. Enquanto nossos comportamentos nos convêm, acreditamos mantê-los livremente. É só quando nos atormentam que descobrimos que escapam ao nosso controle. Atribuímos a nós mesmos a inspiração e o mérito do que nos engrandece, mas quando não estamos muito orgulhosos de nossos atos, agarramos com alívio a idéia de que se furtam à nossa vontade. Como, então, espantar-se que tenhamos de fazer tanto esforço para conseguirmos reencontrar a marca de nossa participação no que nos presta desserviço? Mesmo dispostos a nos responsabilizarmos, não suspeitamos que somos agentes de nossas infelicidades. Por isso, quando falamos de nossas provações, acreditamos estar apenas comunicando suas penosas conseqüências, sem perceber, por pouco que seja, o uso implícito que delas fazemos ao falar delas. A pessoa que começa uma análise para dominar o desamparo acaba se vendo menos preocupada em fazer com que isso mude do que com a vontade de provar a realidade do que diz. Nesse caso, não é a nossos supostos poderes terapêuticos que ela recorre, mas sim à nossa capacidade de reconhecer suas alegações e de dar-lhes fé. Ser reconhecido e apreciado como se é, eis o que constitui a principal preocupação daquele que, sessão após sessão, põe sua palavra a serviço de uma expectativa incessantemente renovada. Ao longo das semanas, comunicando-me suas inumeráveis suputações, esse paciente parecia envolvido num discurso cujo objeto ricocheteava sem cessar.

A análise nos predispõe a considerar aquele que nos escuta um apreciador de nosso monólogo. A regra fundamental, ao oferecer todo o espaço desejado para a livre associação, é uma incitação a divagar para quem, sobre o divã, só é coagido pelo que o move. Assim, quando lhe dá vontade, esse paciente retoma ora uma das antigas guerras púnicas, ora o mais recente desembarque da Normandia, ou algum outro fato histórico importante e, sem titubear, decide que num momento-chave dos acontecimentos, um dos protagonistas se apaixona ou simplesmente tem uma crise de soluços persistente, ou mais prosaicamente ainda, cai-lhe no olho uma minúscula partícula de poeira. A partir desse fato menor, esse incrível estrategista, que possui uma cultura fantástica sobre seus temas, começa a imaginar, por períodos de tempo indefinidos, tudo o que poderia ter acontecido em termos das conseqüências próximas e longínquas desse incidente aparentemente insignificante. Finalmente, essas conseqüências atingem o momento mesmo em que o falante está falando, ponto este que me parece de bom augúrio, pois é o presente de sua meditação que passa a estar em jogo. Só me resta encontrar a oportunidade de responder essas infinitas retomadas propondo-lhes o objeto que as determina.

Impressionado com o correr do tempo pela revisão de tantos acontecimentos, teria sido difícil eu não tentar imaginar o que, na existência desse homem, o teria incitado a essa perpétua recolocação em questão. Que evento decisivo poderia revelar-se dolorosamente aleatório? Aquilo que cada um de nós se tornou dependeu de mil e um detalhes da vida de seus genitores e dos genitores dos genitores. Foi por isso que, quando me foi dada a oportunidade, desviei as reflexões desse homem para as circunstâncias do casamento de seus pais. Via nisso uma razão verossímil para seus infinitos retornos, e que poderia dar corpo à sua tendência meditativa. Além de fazer surgir a reflexão de que "o mais problemático de nosso destino é menos ter-nos feito surgir do que ter-nos feito roçar o nada", minha intervenção não teve qualquer efeito sobre suas especulações. Estas não eram entediantes, me levando a divagar ainda mais livremente, porquanto a atenção flutuante é capaz de revelar a chave do que a determina. Será que nesse caso eu iria encontrar uma relação entre o fundamento das disposições daquele que me arrastava consigo e o conteúdo de minhas próprias divagações? Não obstante sua importância, muitas vezes deixei essa questão em suspenso, como também farei aqui, pois preciso esclarecer meu leitor que o verdadeiro objeto das presentes linhas não é a história desse paciente ou de sua análise. Por uma curiosa inversão, foi aquilo sobre o que eu mesmo meditava enquanto esboçava este texto que me fez pensar naquele homem, exemplo perfeito do que eu tentava exprimir. Seu caso parecia ilustrar os limites secretos da possibilidade que cada um tem de administrar suas excitações, e era sobre isso que eu desejava refletir nestas linhas, não obstante o estilo digressivo que, dessa vez, se apossou de mim.

Uma excitação só é perceptível através do objeto que promove, tendendo a se confundir com ele. Não dizemos que um objeto é belo, como se essa característica dependesse dele e não de quem assim se afeiçoa a ele? Sentimos o que nos encanta no objeto sem suspeitar que é em nós que se elaboram suas propriedades encantadoras. Isso obscurece por completo o fato de que seu efeito é determinado por nosso modo de considerá-lo. O que transforma algo em excitação é o fato de o experimentarmos. O que dá sentido ao que sentimos é o fato de parecer suscitado por um objeto real, alucinado ou fantasiado. Isso significa que nos colocamos na posição de não ter domínio sobre o que, em nós, constitui esse objeto nem, por conseguinte, sobre nossa atitude em relação a ele. Nosso olhar, ignorando que cria o objeto de acordo consigo mesmo, recusa-se a questionar-se por medo de que a excitação desapareça. Saber por que nos apegamos tanto às nossas excitações é um outro assunto, mas com certeza é uma constatação corrente que a gestão delas, às vezes perigosa, incita-nos a transvesti-las para poder mantê-las.

O analista tem o hábito de escutar seus pacientes mostrarem interesse por objetos aos quais ele mesmo não atribui qualquer importância. Quando, porventura, ele mesmo se interessa por eles, tudo está perdido! Compartilhar da qualidade atribuída ao objeto elimina sua dimensão subjetiva. Que o paciente diga que tal coisa lhe é intolerável não questiona aquele que também a sente como intolerável. Esse compartilhar introduz zonas de sombra inescrutáveis. Em contrapartida, quando o paciente manifesta repulsa ou paixão por algo que nos deixa indiferentes, nossos humildes ouvidos vão começar a escutar plenamente as particularidades de um discurso que, sem isso, nos pareceria ser válido, e, portanto, pouco revelador.

Voltando ao meu jovem, ele não se cansava de continuar com suas especulações. Instruía-me assim sobre inúmeras circunstâncias militares ou políticas, que teriam feito do mundo em que vivemos um outro mundo. Cabia a mim identificar nas filigranas de seus relatos o que justificava que seu narrador as submetesse a tantas oscilações. Procurava uma finalidade presente para sua tendência, mas nada me ocorria do que podia estar recalcado no presente. Precisava ter paciência e esperar minha hora.

Essa hora chegou. Soou inclusive em três oportunidades, sempre discreta em seu surgimento e excessiva na ressonância. A cada vez esclareceu um pouco mais o que sustentava a capacidade imaginativa daquele homem. Devo dizer que isso se deu a mil léguas, não tanto do que eu esperava, mas do modo como o esperava. A primeira vez se deu nas voltas de um relato dos mais atuais, porquanto se tratava de um episódio da véspera. Esse relato me surpreendeu. Embora um analista deva estar preparado para tudo, está condenado a não poder entrever o que não está em condições de imaginar. Assim sendo, ele não só não pode antecipá-la, como, ademais, tem a maior dificuldade em discerni-la, até o momento em que a coisa se apresente de tal maneira que é praticamente impossível não percebê-la. O provérbio yaki, que pretende evocar a existência do que não se sabe por trás daquilo que se sabe, nada mais é que um anseio piedoso ou uma solene constatação; não pode pretender ser uma diretiva praticável.

Não é difícil acreditar que, dentre os campos em que esse paciente se destacava graças à sua tendência, os jogos de estratégia eram-lhe extremamente familiares. As competições de xadrez, entre outras, despertavam nele um entusiasmo que não conseguia compartilhar comigo, dada a minha ignorância até mesmo do número de casas em que esses combates de titãs são disputados. Fiquei sabendo, sem dar a isso muita atenção, que, num desses encontros que animam a crônica mundial, ele fora convencido a substituir um jogador numa das partidas paralelas que ocorrem simultaneamente às competições internacionais. O relato da partida fazia de mim um espectador privilegiado porquanto sua narrativa visava causar em mim um certo efeito. O que escutei despertou em mim suficiente interesse para que eu captasse seus altos e baixos, até o final, que me pegou totalmente desprevenido.

A partida começara de maneira clássica – não me perguntem o que isso significa –, mas o jogo me foi descrito como um jogo rude desde o começo. O relato no presente do combate passado me permitia ver, diante de um adversário de ombros largos, rodeado de ardentes torcedores, nosso frágil homem de olhos pálidos ganhando vantagem e fortalecendo sua posição "golpe após golpe", expressão esta dita de uma maneira que me deixou um tanto sonhador[1]. A alegria antecipada por uma vitória que se avizinhava me foi relatada de tal modo que comecei a prever a reviravolta que se seguiria, sem por isso pressentir o que realmente estava em jogo na partida, e na própria análise. Nosso jovem, totalmente seguro, mas assim mesmo muito atento, foi sendo tomado de um espanto crescente ao constatar os erros que cometia "golpe atrás de golpe" e que, de modo imprevisto, devolvia a supremacia ao rival. De súbito, a derrota revelou-se inevitável. Escutei meu paciente narrando como viu a si mesmo contribuindo para ela de modo constante até o MATE final, que veio acompanhado, com grande susto, de uma ejaculação

---

1. A expressão empregada em francês é "coup après coup". Ver nota da p. 106. (N. da T.)

passiva. Essa conclusão foi uma amarga surpresa que o fez tomar consciência do estado em que se encontrava desde o começo da partida. Vivido no estupor da perda, esse desenlace incomodava-o, pois não identificava nenhum componente sexual no que o animava.

Transtornado por essa aventura, e pelo difícil relato que se esforçara em fazer, a análise passou a ter para esse homem uma dimensão de curiosidade e de interesse e – o leitor pode pressentir – a perda ganhou um sentido que, até então, não tivera. Eu finalmente discernia o que, por trás da distração, a terapeuta anterior percebera de inquietante nesse paciente. Seus comportamentos nefastos apoiavam-se em modalidades de excitação inaparentes, que assim poderiam ter continuado por muito tempo se não tivessem sido desmascaradas pelo surpreendente final da partida de xadrez. Recuperado do espanto, perguntava a mim mesmo, com uma curiosidade preocupada, até onde a energia tenaz desse processo poderia levar aquele homem. As circunstâncias tinham revelado que sua teimosia secreta estava a serviço de uma libido que, diante de um problema "impossível", levava-o a descobrir uma solução "inesperada". De que forma e ao preço de que perda aquilo que podia ser qualificado, no sentido mais literal do termo, de *acting out* poderia vir a se reproduzir?

O relato da partida evocara em mim o ambiente no qual a vida desse homem se iniciara, rude no começo, diante de um adversário paterno de ombros largos, rodeado de torcedores familiares ardentes, talvez representados pelos sucessivos substitutos maternos, adversário diante do qual, como todo bebê, nosso jogador teve inicialmente todo o tempo para fortalecer sua posição. Esse paralelo justificava que a angústia de uma vitória sobre o pai pudesse acarretar sua inversão sob a forma de perda. No entanto, habitualmente, a vitória consentida ao pai é mais uma fantasia que um desenlace vivido como fonte de prazer. Mas teria realmente havido prazer?

Antes de soar, a próxima hora se fez esperar. Surpreendeu-me mais uma vez, apesar da minha escuta estar agora mais bem enquadrada. Problemas financeiros fizeram com que esse paciente me entregasse de uma só vez uma grande soma de dinheiro. Devo confessar que nem desconfiara, antes de ser informado na sessão seguinte, que, nem bem depositara a quantia na minha mesa, sentira "algo que se parecia com o final da partida de xadrez". Eu não esperava tanto! No entanto eu esperava, sem muita convicção, que nas nossas relações, ou seja, na transferência, viesse se inscrever algo que se assemelhasse ao final daquela partida de xadrez. Saber que os analistas têm a reputação de preferirem ser pagos "em dinheiro vivo [*dinheiro líquido, em francês*]", ou rememorar que, por ocasião do relato da partida perdida, a ejaculação me fora narrada em termos de "percepção" pouco me esclarecia. Em contrapartida, a afirmação por parte do paciente do imenso prazer que sentiu ante a idéia de me agradar [*dar prazer, em francês*] foi relacionada com uma cena de infância que revelava a ambivalência em relação ao pai, cuja presença era igualmente desejada e temida. O paciente qualificara a vitória concedida ao outro na partida de xadrez como "dada de bandeja", um pouco como a soma que me fora dada. Isso correspondia à fantasia que um menino pode ter de agradar [*dar prazer*] ao pai, sem saber muito bem como. O pai fora descrito como um "homem de dinheiro", e esse tipo de competição coloca em jogo somas não muito menores do que aquela que me fora entregue. Eis o que, naquele momento, parecia dar um sentido atual ao que se revelava como um sintoma. Um sintoma que se encarna na situação analítica é pão abençoado quando aparece, nem sempre quando se resolve, embora seja o momento-chave de qualquer análise. Nesse caso, a conseqüência fisiológica, que eclipsara toda expressão verbal, ocupou algumas sessões, que logo retomaram seu habitual estilo visionário.

Não pensem que o que aqui exponho equivale ao conjunto do que acontecia nessa análise. Com o tempo, muitas coisas tinham mudado na vida desse menino que virou homem. Na palidez de seu olhar via-se agora certa determinação, que lhe permitira sobretudo enfrentar com sucesso o pai, até então vivenciado como um déspota absoluto. Por mais inflamado que tivesse ficado com a derrota, agora esse paciente conseguia opor-se com firmeza e, até o momento de seu relato do episódio do dinheiro sobre minha mesa, eu tivera a fraqueza de acreditar que a essência do vínculo com a perda fora desfeita.

Como ter certeza do desaparecimento de um sintoma cujo surgimento parecia estar ligado a uma conjuntura imprevisível? Não poder responder a essa questão incitava-me a não pensar num prazo para o fim da análise enquanto eu não me sentisse em condições de explicar o que ali estava em jogo. No entanto, não aparecia nada no discurso desse paciente que mostrasse a persistência de sua deplorável disposição. Eu ficara sabendo, bem antes do caso do dinheiro, que, alguns anos antes, aquele que eu ainda não sabia ser um jogador infeliz fizera aplicações financeiras catastróficas, não só pelas quantias perdidas, mas também pelas suas conseqüências legais. O relato desses dissabores especulativos despertara meu próprio sentimento de desconfiança em relação aos assuntos financeiros. Essas aplicações infelizes pareciam-me antes uma exemplar confirmação de minha desconfiança do que a revelação do temperamento de um perdedor. Eis um exemplo de como se ensurdece quando se leva em conta o sentido manifesto de uma suposta realidade no que de real nos é relatado. O paciente relacionara, de forma bastante direta, o episódio com o sucesso financeiro do pai; entretanto, no que me dizia respeito, tratava-se do contrário. O vínculo com o pai vê-se igualmente marcado na analogia e na diferença, na semelhança e no contraste. A dissemelhança mascara o vínculo que, todavia, também encarna. Aquilo que acreditamos ter de fazer para nos diferenciar do pai vincula tanto quanto querermos parecer com ele e possui o mesmo efeito de coerção. Teria esse paciente sido levado a afirmar sua distância em relação a um pai ávido de ganho pela via do prazer que sentia em perder dinheiro?

Quando essa antiga perda financeira foi relatada, não percebi nenhuma ressonância libidinal, nem mesmo implícita. Agora eu cuidava para ter em mente que era eu mesmo que elaborava o implícito, com meus próprios modos de ver. O mecanismo em questão nesse paciente talvez continuasse vigente, virtual e escondido, esperando apenas uma ocasião para se revelar, o que eu temia e pressagiava. Quando chegou sua hora, também foi de forma postergada, dessa vez no relato de um sonho com um final mais diretamente revelador.

Esse sonho me é contado, sem que seu narrador deixe augurar seu desfecho. O relato refere-se ao episódio de uma viagem à Índia efetivamente realizada, que já dera lugar a diversas variantes imaginárias. Lembranças daquela estada, a entremear-se com o relato do sonho, dão a este um tom realista, acentuado por comentários atuais. O relato começa no momento em que o sonhador vê afastar-se o grupo com o qual acabava de visitar o famoso Taj Mahal. O paciente faz algumas reflexões sobre esse túmulo gigantesco nascido da mais desmesurada imaginação, e sobre como se homenageava com a *ereção* desse mausoléu *a perda* de um próximo. Em seguida, o viajante-sonhador-narrador descreve a si mesmo afastando-se a cavalo na planície desértica. *Feliz por estar finalmente só, desfruta da cavalgada* na imensidão árida em que não se vê nada, exceto um minúsculo edifício inidentificável no horizonte. O cavaleiro dirige então sua montaria para essa edificação distante que o intriga. Levará *um bom momento* até alcançá-la. O cavaleiro, que me relata sua progressão como se tivesse escolhido elaborá-la voluntariamente, acaba distinguindo um pouco melhor essa construção isolada. Sente-se então impulsionado pela curiosidade e *não resiste ao desejo* de ir ver de mais perto esse local que o atrai de forma irresistível. Ao se aproximar lentamente, descobre que se trata de uma dessas típicas edificações funerárias onde são pendurados os cadáveres para serem devorados pelos abutres. Continuando instintivamente sua progressão, acaba distinguindo melhor os corpos que balançam ao vento. Fica imediatamente cativado e *não consegue se conter*; aproxima-se um pouco mais de um deles, para finalmente ter a visão, ao mesmo tempo surpreendente e pressentida, de que se trata do pai.

A transcrição que faço desse relato de sonho retoma, na medida do possível, as formulações originais. O conjunto, epílogo incluído, manteve uma tonalidade narrativa. Afinal de contas é apenas um sonho, mas a meus ouvidos sua inflexão descritiva contrasta com a macabra descoberta. Embora não seja banal, o conteúdo desse sonho não é muito diferente de mil outras catástrofes de pesadelos, cujos relatos chegam até nós todos os dias. Assim mesmo, era um pouco surpreendente escutar que *lá estava meu caro pai, cujo corpo definhado balançava, vestido com uma simples camisa como um burguês de Calais.*

O leitor com certeza já deve ter imaginado que, ao mesmo tempo em que identificava os despojos mortais, o sonhador teve uma ejaculação que instantaneamente o fez sair do sono. Poder gozar em sonho da morte do pai foi uma revelação cuja violência foi amortizada pela reflexão de que "no fundo isso era apenas um anseio sonhado".

*

Não vou continuar a exposição dessa análise que não tem minha aprovação por vários motivos. Primeiro, porque coisifico a pessoa em questão, numa representação que oculta de maneira indiscernível a parte que me cabe. Ademais, dou à fala desse homem um tom indireto que deforma o alcance de seu dizer. Com isso apago o fato primordial de que esse dizer, a todo momento, só ganhava sentido por me ser dirigido de forma muito direta, como um peão sendo avançado numa partida de xadrez, cujo fim fantasístico antecipasse a estratégia do jogo, esclarecendo-a. Essa comparação pomposa pretende simplesmente evocar que, antes desse sonho, eu me perguntava como esse paciente de imaginação fecunda pensava o fim da partida que jogava comigo. Chegara a pensar que esse fim poderia adotar a forma do fim do analista. O sonho voltara a substituir o "analista caro" que eu era pelo "caro pai".

Voltando à minha exposição, tampouco posso esconder que ela peca por ter deixado de lado muito do que ordenou, como em toda análise, o jogo e o contrajogo que constitui sua essência. Direi, para justificar-me, que esse texto pretende ser (eu pretendo que seja) menos uma observação clínica do que, a partir de uma análise certamente real, um relato com intuito metafórico. Autorizo-me, pois, a continuar fazendo falar, ou melhor, colocando em cena esse paciente a serviço do presente escrito. Esse esclarecimento pretende, por sua vez, sublinhar que a apresentação psicanalítica dessa análise transita, como ocorre com todo relato clínico, pelas circunvoluções cerebrais de seu relator, circunvoluções que não temos nenhuma intenção de reduzir às corticais. Seja qual for o objeto de que se queira falar, jamais podemos relatar outra coisa senão aquilo a que fomos sensíveis, e do modo como o fomos. Para o analista, como para qualquer pessoa, o mundo está constituído do que, mais ou menos diretamente, o concerne, o interessa, para não dizer o excita. Nenhuma observação poderia ter a pretensão de escapar a essa exorbitante coerção. O que o exemplo dado por esse homem animou (excitou?) em mim e que quero transmitir ao meu leitor, que também deveria estar implicado, nada mais é que o problema econômico de nossas excitações.

Será lícito, para os espíritos fortes que nossa cultura ocidental impõe que sejamos, reduzir a questão de nossas excitações (sexuais e outras) à percepção e à gestão do que nossa consciência identifica como tal? Em todos os instantes de nossa vida, é possível termos acesso ao que nos está conduzindo, para não dizer levando pelo cabresto? A história desse paciente permite, além das ejaculações reveladoras de uma economia libidinal inconsciente, decifrar a dimensão sobredeterminada de seu mundo imaginário, no qual a busca de uma solução "inesperada" respondia ao anseio "impossível" da morte do pai. A conclusão fisiológica traíra a natureza da excitação subjacente e o sonho, por sua clareza, a de sua origem. É comum escutar relatos de proezas sexuais que se seguem à morte de um dos pais. O relato disso costuma ser feito com maior ou menor vergonha ou culpa. Porque a evocação antecipada dessa morte não teria os mesmos efeitos, sobretudo quando essa perda é sonhada!

Quando a excitação sexual nasce de objetos culturalmente sexualizados, o mecanismo de seu crescimento e de sua satisfação é fácil de compreender, ou seja, parece não levantar qualquer questão. Quando o que está na origem da excitação não é identificável como propriamente sexual, pode-se invocar a sublimação, mas se a satisfação se manifestar no registro diretamente genital, como, nesse caso, a ejaculação, ela será tão perturbadora quanto uma interpretação selvagem, que transformaria essa sublimação numa perversão. Quando, para dar um exemplo menos raro do que se pensa, a dinâmica da excitação mistura-se com o que se denominam tendências suicidas, se escutamos esse relato, é evidentemente porque a morte do interessado não ocorreu. No jogo excitante com a morte, pode interpor-se um objeto que desvia para si a visada mortalmente excitante. Esse objeto, salvador no caso, é o relato que possa vir a ser feito. Não se deve confundir a morte, o desejo de morrer e os relatos que os contam. Mesmo no que se refere à nossa morte, toda morte é um relato que se dá como objeto de interesse necessariamente compartilhado por todo mortal. Durante nossa infância, o espectro de nossa morte ou da de membros de nossa família mobilizava, em nós e em torno de nós, temores e expectativas secretos. Isso cerceava inevitavelmente a excitação que os acompanhava. Era preciso o abandono do sonho para que pudesse aparecer diretamente a solução impossível da morte do pai como acesso inesperado ao prazer. O importante, do ponto de vista da dinâmica analítica, era que o episódio onírico fornecera ao sonhador que contava seu sonho a oportunidade de assumir, pela forma e pelo tom dados ao seu relato, o prazer que lhe proporcionava a representação da morte do pai. A possibilidade de associar a isso a morte do analista em sua presença era, mais ainda que pelo sonho, a ocasião para esse paciente tomar consciência da expectativa dessa solução inesperada para conquistar sua liberdade sexual.

A relação que cada um mantém com o que provoca sua excitação só pode ser ambígua. Aquilo que instaura e modula nossa excitação não está sob nosso controle; o máximo que podemos tentar é canalizar seus efeitos. No exemplo dado, a tentativa de controlar a força sexual em jogo consistia em... ignorar sua dinâmica. Durante as sessões, o analista pode perceber a presença de uma excitação que não é relatada, graças à percepção daquela que está presente no discurso. Daí a identificá-la, vai muito trabalho, mas o prazer proporcionado pelo ato de falar pode ser revelador da dinâmica libidinal subjacente. O que quer que digamos, o que dizemos implica que o digamos, como parte essencial do que constitui esse dizer. Foi o que aconteceu com o relato desse sonho, como freqüentemente ocorre. Em se tratando de um sonho, tudo pode ser dito mais facilmente, pois estamos protegidos pelo caráter involuntário do que aparece. Feita a verbalização, deu-se um passo em direção à superação da proibição de pensar voluntariamente certas coisas ou desejá-las, como nesse caso.

Escutar a questão atual do que se diz, é esta a essência da escuta analítica. A interpretação visa a fazer reconhecer essa questão no intercâmbio das falas. Toda conversa pode ser comparada a uma partida de xadrez em que o ganho libidinal predomina sobre a materialidade dos argumentos trocados, como os peões, que estão a serviço de uma finalidade que não interessa tornar evidente demais. Qual o objetivo de jogar ou dizer? Quem queremos fazer gozar, quando se joga com as palavras como se fossem peões? O que justifica a energia em jogo na fala? O vigor, a cólera, a obstinação ou qualquer outro sentimento mais ou menos salpicado na mais mínima troca verbal atesta o desígnio que está em contato direto com o dizer. De onde surge, pois, a incontrolável necessidade de convencer a propósito de tudo e nada? O tom mais comedido e o mais reduzido preconceito não conseguem suprimir a razão de ser da menor palavra, que é provocar... certo efeito. Sem isso, por que falaríamos tantas vezes "para não dizer nada"? Em toda análise, sejam quais forem os pensamentos que surjam, eles são uma oportunidade, para o que constitui a esperança inconsciente, de se encarnar no imaginário do encontro, pela forma dada à sua expressão. No caso daquele homem, o fato de tais ejaculações nunca terem ocorrido na análise permitiu considerá-las menos como sintomas do que como passagens ao ato, verbalizadas no lugar do que não podia se exprimir de modo direto: o gozo vinculado à idéia da morte do pai. No relato da partida de xadrez perdida, o prazer proporcionado pela derrota foi relatado ao analista – substituto do pai –, que infelizmente foi incapaz de escutá-lo como proposta de um jogo sexualizado como tantos outros. No relato da morte do pai, detalhar com complacência a contemplação *gozosa* de seu cadáver era um modo inesperado de exprimir o prazer antecipado resultante do desaparecimento do analista.

Tendemos a rotular indevidamente de agressividade os desejos mortíferos inconscientes, quando, ao contrário, eles representam um modo de renúncia à agressividade. Existe algo menos agressivo que esperar a morte de um déspota para ganhar a liberdade? A ausência de todo espírito de revolta não deixa para a submissão outra saída senão a fatal. Disso resulta que quem gozasse, por meio de uma força imaginária, com a morte de seu analista seria qualificado de agressivo mesmo que seus olhos pálidos, sua graciosidade e sua voz baixa fossem a prova permanente de que só considerava aceitável encarnar-se na fraqueza. Devemos fazer essas vítimas da excitação, que lhes baliza secretamente a vida sem que façam mal a ninguém, reconhecer sua agressividade e não o medo que têm dela? Embora o que esteja em questão em ambos os casos seja semelhante, a moral implícita não o é. Tomar consciência da própria agressividade liberta menos do que não ter medo dos próprios pensamentos.

O que preside ao aumento da excitação apaga-se diante das qualidades atribuídas ao objeto dessa excitação. As disposições que regem o jogo de nossas excitações são o resultado de impregnações infantis ocasionais. Só nos preocupam quando esse jogo conduz à impotência, à frigidez ou a algum outro sintoma. Descobrir o que faz nascer a excitação dentro de si pode suscitar certo temor naquele que prefere atribuir seu estado ao objeto, como o faz o perseguido que é, em maior ou menor medida, toda criança que vê nos pais o que a separa do prazer. No caso mencionado, depois de a excitação ligada à perda em prol do pai ter sido relacionada com a perda do pai propriamente dito, restava comunicá-la a esse pai, o que se fez graças ao relato do sonho que dava a possibilidade de assumi-lo plenamente. Como toda fala que, tendo encontrado seu destinatário, está fadada a se esgotar, o lado compulsivo do imaginário desse paciente atenuou-se. A capacidade de meditação, moldada por anos de prática, persistiu como aptidão mais do que como propensão. As sessões passaram a ser um exercício de liberdade para administrar o presente. Dessa aventura só restou aquilo que permaneceu em mim até que eu, por minha vez, a retomasse para ilustrar que os sintomas são mantidos por uma excitação impossível de dimensionar por aquele que dela padece.

Na verdade, sobre as próprias excitações, cada qual não faz questão de saber o que não sabe. Tampouco sobre seus amores.

SOZINHO PERANTE QUEM?

*"O amor me preenche
porque me diz que não estou só."*

"Ribilisca e Mibilisca estão num barco. Ribilisca cai na água. Quem fica no barco?" Diante desse árduo problema, a criança, para quem presença e ausência ainda não se distinguem claramente, precisa se concentrar antes de responder. Tem a impressão – e isso não é pouco – que o importante concerne menos ao que está dentro do barco do que a ela mesma e à sua capacidade de raciocinar. Essa distinção é essencial, pois um primeiro movimento leva-a a responder o que primeiro lhe vem à cabeça. Percebendo o interesse que lhe dedicam, a criança empenha-se em refletir. Quanto mais sua jovem capacidade dialética se soltar, mais certamente ela levará um beliscão, que doerá ainda mais cruelmente no seu amor-próprio.

Apesar do seu empenho, e até por causa dele, nosso jovem lógico será pego totalmente desprevenido pelo efeito da resposta "certa", de que o indagador se apropria de modo surpreendente. Não imaginara e muito menos suspeitara essa cilada. Eis um uso da linguagem que a criança ainda não conhecia, mas que rapidamente procurará experimentar com outras presas. Recente iniciada, vai colecionar vítimas que, por mais advertidas que estejam, não têm, por sua vez, como evitar serem beliscadas, enquanto jogarem o jogo de responder. Serenada pelo justo revide que a reabilita, a criança reencontra seu bom humor e acaba por ver na estranha cilada em que caiu apenas uma simples travessura: ter razão e ser beliscada.

Se nisso havia alguma lição, é muito provável que ela se perca. A armadilha presente em Mibilisca nada ensina, porque não é um ensinamento fácil de utilizar. A lógica fresca, segundo a qual não se pode estar ao mesmo tempo na água e no barco, ao ser subvertida por um curioso passe de mágica, revela no entanto que toda significação está a serviço de quem a impuser. Mas o que fazer com essa nova possibilidade? Quase nada. A criança só fará uso dela como meio de brincar com o nome de seus amigos ou professores. Mesmo aqueles que se chamam Palermo, Rego ou Pinto (abram a lista telefônica...), e têm de viver à própria custa a desagradável experiência de Mibilisca, não se sensibilizarão para a ascendência dessa diabólica derivação da fala.

Vocês, assim como eu, podemos brincar com esse equívoco, sem saber como ele opera. Você está em casa, a campainha toca. Não é um Ciclope ameaçador, mas um vulgar vendedor. Lembrando-se ou não da lição de Ulisses, você grita por trás da porta: "Não tem ninguém!". Nove em cada dez vezes (podem tentar!), o importuno não insiste, pois não consegue encontrar uma réplica eficaz para essa afirmação que, no entanto, é desmentida pela sua própria formulação. Com uma economia de meios sem igual, você terá agenciado uma parada sem réplica, graças a uma réplica sem parada. É divertido mas não instrui, nem mesmo o vendedor, sobre o equívoco que a substância de qualquer asserção pode revelar. Embora geralmente passe despercebido, esse equívoco decorre do que separa o sentido da enunciação daquele do enunciado. Essa independência é flagrante no exemplo de "Não tem ninguém!", devido à total contradição entre o que é dito e o que *dizê-lo* diz. "Não estou em casa" esconde menos a presença de quem o afirma, embora, desde o advento da secretária eletrônica, qualquer um possa responder diretamente e enunciar sua ausência no lugar da máquina, com grande probabilidade de acreditarem nele. Curiosamente, esse tipo de experiência de linguagem, longe de consternar, fortalece nosso sentimento de controle sobre a palavra. É verdade que a raridade dos exemplos que chamam a atenção leva a crer que a duplicidade das mensagens do enunciado e da enunciação seja excepcional, e portanto engraçada. Que adesão pode esperar aquele que, levípede, ao encontrar na rua um amigo que o acreditava preso ao leito, justifica-se com a confidência: "Só estou fingindo andar." Daria na mesma dizer: "Vai ver se estou na esquina!"

Na época em que se dá a aventura náutica de Mibilisca, esse "Vai ver se estou na esquina" faz descobrir de forma igualmente pungente a limitação decisiva de qualquer presença. Decisiva porque na idade dessa descoberta as presenças geralmente são proibitórias. Discernir que não se pode estar aqui e ao mesmo tempo em outro lugar, portanto tampouco em outro lugar e ao mesmo tempo aqui, ensina desta meneira que se pode estar *só*. Anteriormente, a criança deixada sozinha percebia menos a solidão que o abandono. Distinguir o fato de que ninguém se dispõe a lhe responder do fato de que não há ninguém para fazê-lo, não é algo evidente. Estar só e ser desdenhado são duas situações que é preciso aprender a diferençar e saber experimentar, para não sofrer daquilo que, ao contrário, é possível desfrutar.

Essa é uma lição capital no sentido em que abre a possibilidade para uma nova forma de transgressão. Num primeiro tempo, a criança só percebe suas desobediências pela repercussão repressiva imediata. A punição corrobora a interdição, de certa forma faz parte dela. Por isso, nessa idade, qualquer transgressão deliberada está fadada a ser ao mesmo tempo uma provocação, e por isso mesmo um jogo que pode proporcionar bastante prazer. Conceber que seja possível estar só, seja no quarto ao lado ou apenas escondendo-se, traz a novidade de poder transgredir sem contrariar ou desafiar. O sentimento de interdição só surge a partir da antecipação de um possível revide ulterior. Embora isso possa parecer banal, não é algo simples. Supõe primeiro que a criança imagine o interditor, que justamente não está presente, que em seguida antecipe a punição, que só a ameaça porque pensa nela. Aquele que, para se proteger num futuro antecipado, escolhe presentificar a autoridade a vir e um possível revide, terá interiorizado o interdito. Aquele que acredita estar tomando essa astuciosa precaução faz um progresso discutível em relação àquele que, talvez por falta de imaginação, só administra o presente. Este último dispõe, quando está só, de uma total liberdade de ação. Não é só isso que fará dele um perverso, no sentido em que nada lhe provoca um sentimento de culpa, pois a ameaça que poderia impedi-lo de agir não está interiorizada. O que o torna um perverso é que somente um perigo real e atual poderá cerceá-lo.

A clivagem neurótico-perverso começa a se esboçar discretamente pela experiência da dimensão relacional da transgressão.

Estar só é, para o perverso, estar livre. Estar só nada significa para o neurótico. Ao contrário, é quando o neurótico não está só e não vê nenhum revide ocorrer que ele deveria poder se tranqüilizar. Infelizmente para ele, o fato de que esse revide nunca ocorra apenas pereniza a ameaça. O temor imaginário de uma punição a vir se faz constante, seu peso torna-se prejudicial. O que mantém esse temor apesar de seus inconvenientes repressivos é o benefício significativo, embora discreto, que ele traz. O temor permanente de revide desmente de modo igualmente permanente o sentimento de abandono, pois presentifica uma autoridade. Deus, com sua presença imanente, encontra nisso uma de suas melhores razões de ser. Ele se assemelha à mãe protetora ou ao pai interditor, com seu olhar inexorável que persegue até o túmulo. O fato de não ser possível escapar dele permite a quem o teme nunca estar só. Até agora, como ele nunca respondeu: "Não tem ninguém", permanece a dúvida e a dúvida já é Sua Presença. Em termos mais leigos, sem qualquer suspeita de nossa parte, alguns comportamentos são a lembrança da existência tutelar de pais, às vezes há muitos lustros desaparecidos. Pode-se ter perdido a mãe, mas não sua consciência!

*

"Mibilisca" ou "Vai ver se estou na esquina" são, nas suas inumeráveis variantes, etapas com que todos deparamos fatalmente. Essas penosas provações, logo esquecidas, contribuíram para constituir nosso universo pela relação que nos fizeram instaurar com ele. Deram sentido e peso aos que nos rodeavam, pelo tipo de comércio que suscitaram. As experiências dessas atribulações na apreensão do mundo exterior foram se inscrevendo através de sua apreensão pela linguagem. Essa dimensão de *talking structure* é o que explica o poder da *talking cure*. O mundo externo edifica-se através da captação linguageira da lógica que o regeu. A aparência que ele tem para cada um, sua realidade, permite um número indefinido de sentidos possíveis, mesmo que um único pareça se impor. Basta ver as representações de mundo mudar com as épocas para convencer-se disso. Quando nos espantamos, não sem condescendência, com alguns comportamentos "ingênuos" de nossos ancestrais, imaginamo-los às voltas com o que nosso universo nos impõe como entendimento das coisas. O que os tranqüilizava ou os inquietava parece, a nossos olhos, infantil, ou pelo menos simplista. O que nos tranqüiliza ou nos inquieta teria lhes parecido delirante. As coisas só existem pelo que nos dizem, mas elas só nos dizem o que as fazemos dizer, evidentemente. A constatação hegeliana segundo a qual o real é racional decorre da particularidade, inerente ao psiquismo, de organizar racionalmente o que ele percebe. Os coelhos que vemos sair da cartola só surpreendem aqueles que não os viram sendo colocados lá dentro. A diversidade dos coelhos... ou seja, a diversidade dos racionais, mostra uma multiplicidade de reais. A mesma árvore vista por um lenhador, um pintor, um botânico, um marceneiro, um paisagista, um arboricultor ou um fabricante de papel, oferece a cada qual a realidade que ele lhe atribui. O valor dessa árvore, seu atrativo, *o que ela é*, em suma, é uma pluralidade evidente de reais, à disposição de quem, no entanto, acredita estar apenas observando-a. Dentre todas suas características, o deus de que essa árvore é uma encarnação só exerce seu poder sobre aquele que lho confere. Quantas "realidades" continuam a nos submeter às exigências que tal ou qual circunstância antiga, nem sempre infantil, instaurou? A psicanálise fornece a oportunidade de apreciar com um olhar diferente o eventual componente imaginário dos "reais" que oprimem. Muitas análises produzem o sentimento de que "Não sou tanto eu que mudei, mas o que me rodeia!".

Os que fazem análise levam um tempo *louco* para ver que é sua maneira de conceber o universo que os aprisiona à realidade de que padecem. O que fazemos, acreditando simplesmente perceber o mundo, sempre nos escapa até que sejamos beliscados. O que aprisiona aos problemas geralmente decorre de sua própria invenção. Isso só fica claro nos outros. Ver alguém tremer de medo diante de um guarda-chuva colocado sobre uma mesa me parecerá ridículo, porque sei perfeitamente que é só em cima de uma cama que esse objeto dá azar. Nesse caso eu é que serei ridículo aos olhos de quem acredita que o que traz desgraças é ser supersticioso. Para perceber que é o enunciado do problema que instaura o problema, será necessário apreciar a função desse enunciado. A psicanálise insiste sobremaneira na função relacional da palavra, independentemente de seus conteúdos, dentre os quais o enunciado dos problemas não tem qualquer importância. Para alguns, poder queixar-se constitui uma maneira de se comunicar com o meio, conforme suas primeiras experiências de ter assim obtido atenção. O fato de que para se queixar seja preciso sofrer será o preço a pagar para ter o sentimento de existir para outrem. Tudo aquilo que possa atenuar a queixa será nesse caso mal recebido. Há alguns anos presenciei uma colheita excepcional em Seine-et-Marne. Os grãos de trigo eram do tamanho de grãos de milho. Tive a infeliz idéia de dizer a um fazendeiro: "Esse ano, o senhor não terá do que se queixar!" Ele retorquiu sem titubear: "Isso empobrece a terra!" Perante minha ingênua avaliação de seu contentamento, ele sentira a necessidade de me lembrar que, ao camponês, nunca nada é dado sem suor.

É uma tarefa árdua convencer do descentramento permanente que a palavra opera, pois a preponderância do dizer sobre o dito só raramente é percebida. "Tenho dificuldade para falar" não deveria poder ser dito sem dificuldade. "Nunca conseguirei lhe dizer que te amo (ou te detesto)" é um meio digno de Mibilisca de dizê-lo, a enunciação contornando o enunciado. Quem está em análise enfrentará mais cedo ou mais tarde, na própria situação, aquilo que se queixa de sofrer. Esse momento constitui a neurose de transferência. "Ninguém nunca se interessou realmente por mim. E lhe digo isto sabendo que você não está nem aí!" O trabalho com esse tipo de encontro é central em toda análise, e determinante. Querer que lamentem o desinteresse de que se é objeto nega esse desinteresse. Em suma, é quando seu passado se encontra com seu presente que o que liga um falante à sua fala se deslinda.

No exemplo subestimado de Mibilisca, o destino deste último não interessa. Que não tenha caído na água, ou que, além do mais, tenha empurrado Ribilisca do barco, ou que tenha feito seja lá o que for, que importa? Tampouco vale considerar se Mibilisca tem ou não qualquer realidade, se é um sonho ou pura elucubração. O essencial, todos sabem, é que seu nome acabe por ser pronunciado. A reação que se segue faz tomar consciência do que, inocentemente, foi de fato formulado. Pena que não tenha sido com Riame e Miame que a pessoa tenha navegado.

Quando a criança, quer dizer... o paciente conta sua história ou histórias na frente do analista e para ele, qual a importância de que tenha caído na água, ficado no barco, ou qualquer outra coisa? O essencial encontra-se na resposta que ele procura obter. Sem que se dê conta, e nisso consiste o problema, seu discurso enuncia o que lhe permitirá "beliscar" o analista. Com a crônica de suas avanias e de suas angústias, passando pelo relato de sua boa-fé ou o depoimento de sua culpa, o que espera o narrador? Será que ele, cuja demanda só existe pela exposição que a justifica, sabe? Falar é pedir, exigir, suplicar que, pelo menos, se seja escutado, entendido e compreendido. Querer ser compreendido é sem dúvida a forma menos evitável do comportamento gregário humano.

Quando falamos, dirigimos nossa atenção para o que dizemos. Por parecer evidente, desconsideramos o fato determinante de que o que se diz apenas ganha sentido por ter sido dito. Às vezes isso é gritante: nem toda verdade deve ser dita. Será que essa verdade deve ser sempre pensada? Para quem pensa, é impensável que seu pensamento só ganhe sentido por ser pensado. O fantástico poder clandestino do recalcamento decorre precisamente disso. Temos todos a ilusão de que somos o que pensamos e que não somos o que não pensamos. Não sou mau porque não tenho maus pensamentos. A morte de meu pai ou o corpo de minha mãe só me perturbarão se eu pensar neles. Prefiro portanto não pensar muito nisso ou então fazê-lo através de modalidades que tornarão a coisa suportável para mim, como a dor ou a angústia. O sofrimento que eu venha a sentir me autorizará, de certa forma, a aceitar certos pensamentos. Ainda mais sutilmente, certo mal-estar em me sentir só irá presentificar que consegui livrar-me do autor de meus dias. Nem mesmo ficarei sabendo que o que ali está em jogo repete um anseio bastante arcaico. O que se pensa, bem como o que se diz, só vale pelo que o fato de pensar ou dizer traz secretamente. É algo de uma banalidade inapreensível.

Em análise, o relato acabrunhado de uma lembrança longínqua adquire relevância menos pelo conteúdo do que por esse acabrunhamento. Visto não se poder esperar que essa narrativa seja respondida no passado, ela diz respeito, de algum modo, ao presente. Essa evocação nada mais é que a orquestração habilmente concebida de uma demanda atual. É algo tão diabólico como "Mibilisca!". Por que alguém detalharia como sofreu no passado, vinte ou quarenta anos atrás, ou mesmo na véspera, se não fosse para servir de argumento para uma petição presente? Contar seus dissabores ou seus problemas de outrora ou mesmo do dia seguinte visa a suscitar no ouvinte a reação que permita beliscá-lo. A intuição mais determinante de Freud na compreensão do que lhe diziam seus pacientes foi compreender o fundamento atual do discurso deles, fosse qual fosse seu conteúdo. Essa maneira de escutar atribui a razão de ser de uma fala ao que resultará de sua formulação. Geralmente não percebemos que o que importa é o presente de um discurso, inclusive nos discursos políticos, dos quais costumamos esmiuçar mais o fundo que os motivos.

Em que o sofrimento implica um pedido de ser amado? De que maneira ser amado hoje responderia ao sofrimento de ontem? Temos aí lógicas bastante frouxas que funcionam de modo quimérico. A dimensão da transferência consiste precisamente nisso. A mãe que se inclina com compaixão sobre as dores do filho ensina-lhe que ele a atrai por seu sofrimento. Essa lição corre o risco de ser indelével. É assim que, mais tarde, fazer uso do próprio sofrimento para se tornar interessante e se fazer amar vai se fundar na enunciação desse sofrimento. O único poder deste é a realidade que o relato parece lhe conferir. Certas queixas não têm outra substância:

"– Tenho de lhe dizer que minha mãe muitas vezes esquecia de me dar a mamadeira!

– Que desgraça! Bem, querido, quer vir jantar na minha casa hoje à noite?"

Se não é isso que é esperado, é o quê? Quem anuncia essa longínqua frustração jamais a viveu exceto em seu discurso, pois não tem nenhuma lembrança disso. O que ele espera de seu relato? Ele não sabe. O fato de essa expectativa ser obscura não diminui a importância que ele dá à exposição que a legitima.

*

O que autoriza o entendimento psicanalítico de um discurso provém, sem dúvida, da regra que preside à sua expressão. A associação livre mostra que a fala nasce da expectativa que sustenta seu proferimento. "Diga tudo o que lhe vier à cabeça" exclui que o que venha a ser dito tenha de se referir à verdade, à importância, à pertinência, à decência do conteúdo. É essa regra que estabelece a preponderância do dizer sobre o dito, sem escapatória. O discurso analítico permite perceber a clivagem enunciado/enunciação pelas contradições implícitas que nele venham a se introduzir. Dizer-se culpado, por exemplo, não terá o paradoxal objetivo de ser desculpado por meio de uma confissão que distanciaria do desejo? Em sessão, a fala não se organiza apenas em torno de sofrimentos ou culpas, mas muitas vezes serve para afirmar que se é o que se é por todas as razões possíveis, exceto pelo desejo de ser assim. É essa desassociação do desejo que leva para além do princípio de prazer.

Requisitado a dizer o que lhe vem à mente, o paciente tem a possibilidade de não dizer todos os pensamentos que lhe vêm à mente. Mas será que pode dizer os pensamentos que *não lhe vêm à mente*? É lógico que não. No entanto, não é exatamente isso que ele faz, sem saber, porquanto dizer o que pensa modifica o sentido do que é pensado, ou mais exatamente lhe dá seu verdadeiro alcance. O que pode parecer mera brecha, na verdade abre caminho para o entendimento da propensão subjacente que consiste em dar de si mesmo uma certa imagem. Por trás de toda fala esconde-se a razão implícita que a faz enunciar-se, razão esta totalmente informulável. Tente dizer por que você diz o que diz, e você se verá metido numa formulação que terá de ser, por sua vez, justificada. Esse motivo intencional tácito explica por que em análise a fala se vê freqüentemente impregnada de uma convicção, de uma veemência, de uma obstinação tal que o analista corre o risco de se fazer beliscar caso se atenha ao conteúdo do que é dito, em vez de compreender a razão que faz com que seja dito. Toda fala merece que se avalie o proveito decorrente do fato de ela ser dita.

E quem tira proveito do pensamento? É uma questão. Pelo menos a da natureza do proveito que se tira de pensar. Há aí uma brecha, mais inapreensível ainda que a da fala e à qual ninguém presta atenção, entre o conteúdo de um pensamento e o que resulta do fato de que esse conteúdo tenha vindo a ser pensado. Essa brecha é semelhante àquela que separa o enunciado da enunciação, brecha que permite distinguir o sentido do que é dito do fato de que isso seja dito. Cyrano explorou ao máximo essa brecha. O importante de um pensamento agressivo ou erótico é menos seu conteúdo que o componente culpabilizante ou excitante que acompanha sua evocação. Um pensamento encontra sua razão de ser pelo que ele determina sobre o pensador. A angústia aparece de forma oportuna para lembrá-lo e desassociá-lo disso, a menos que o pensamento apareça sugerido por outrem ou... por um sonho. A interpretação de um sonho pode "limpar" um pensamento proibido, que se vê autorizado pela autoridade transferencial do momento. Pode ser uma virtude aceitá-lo em seguida, mas isso, evidentemente, não equivale a nenhuma emancipação, muito pelo contrário.

Na vida corrente, o pensamento demonstra seu alcance eminentemente tendencioso se, de supetão, for preciso comunicá-lo. "Querido, no que você está pensando?" desnorteia qualquer um, que piora seriamente sua situação se preferir retorquir: "Em nada!" Por que será tão difícil, para não dizer impraticável, referir certos pensamentos, se não for porque percebemos com maior ou menor clareza que eles surgem justamente em relação a quem nos pediu para relatá-los? Não se sabe exatamente por que isso passou pela cabeça, mas tem-se certeza de que isso não é algo comunicável. Sobretudo se isso não tiver nenhuma relação com o presente, porque o que vem se fazer pensar está muitas vezes destinado a contrabalançar o peso da situação, o que o torna raramente compartilhável. Os silêncios que intervalam em maior ou menor medida as sessões de análise são como compensações secretas que fazem lembrar, como se fosse necessário, o quanto o pensamento se sente confortável na clandestinidade. Mas não basta ficar silencioso para ser livre para pensar qualquer coisa. Os pensamentos culpados continuam culpados pelo peso que lhes atribui quem os "tem". Hoje, não se acredita mais tanto na onisciência de Deus, mas certos pensamentos continuam proibidos. O fato de se ignorar o que não se pensa concretiza uma submissão à autoridade que o teria imposto.

Em suma, se você desejar estar só, não pense!
Ou então, fale!

Permanentemente invadidos por um discurso interior mais ou menos desconexo, mas continuamente feito de uma textura que se esforça em manter-se aceitável, estamos acostumados, quando pensamos, a uma aprovação interna permanente. A culpa que acompanha certos pensamentos não tem outra finalidade senão fazê-los serem aceitos, da mesma maneira como afirmar que estamos errados nos dá razão. Estamos tão acostumados com essa auto-aprovação que a esperamos de todo interlocutor, que nos incomodará e nos agredirá caso simplesmente nos refute. Eis o *hic*. Quando transformamos nossos pensamentos em palavras, deparamos com outros modos de ver. É quando percebemos nossa solidão, diante de um conjunto de coerências tão coriáceas quanto as nossas. A sensação insuportável que disso resulta decorre da impressão que passamos a ter de que nossas palavras visam mais a nos afirmar ou a nos mascarar do que a comunicar o que quer que seja. O que pensamos, *a fortiori* o que dizemos, está, acima de tudo, permanentemente a serviço de causas obscuras mas intratáveis, cujo desígnio primordial não é a comunicação.

O silêncio do analista tem a particularidade de não deixar aparecer sua alteridade de pensamento. Esta é temida pela clivagem que revelaria. Se o analista deixa entrever uma divergência, surge pelo menos a inquietude, quando não a angústia, embora haja casos em que a oposição e o conflito são tranqüilizadores. De qualquer maneira, algum dia chegará o momento crucial em que o analista não terá a possibilidade de estar do lado de seu paciente, sobretudo quando este se opuser a ele, analista. Este momento será decisivo. O analista tentará adiar a provação até o momento em que o paciente possa enfrentá-la. Mas, chegado o momento, se o analista continuar a impedir seu paciente de tomar consciência da alteridade que os constitui, contribuirá para mantê-lo na sua posição infantil, não o reconhecendo como um *alter ego*. O conteúdo da divergência pouco importa, é apenas a oportunidade de encarar a alteridade do interlocutor, trampolim insubstituível para um pouco de independência de pensamento.

Pensar é gerar um permanente acordo, falar é gerar um permanente desacordo. "Tento desesperadamente compreender por que todos os outros não dizem o mesmo que eu", espantava-se alguém que não punha em dúvida o valor universal de suas convicções. Pensar tem um efeito de comunhão, falar tem um efeito de disjunção. Em vez de ignorá-lo, mais vale reconhecer que aquele com quem falamos ameaça nossas certezas e confronta-nos com a nossa verdadeira solidão. Essa solidão, reverso de nossa singularidade, é o que nos traz o melhor e o pior. É por nos expor ao pior que ela nos oferece o melhor.

DITO FEITO

"Eu te amo."
Quando formulamos ou ouvimos essa expressão,
mais vale não tentar saber o que ela quer dizer.

I. BRINCAR COM AS PALAVRAS

> Quando emprego uma palavra, ela significa exatamente o que eu gostaria que significasse, nem mais nem menos.
>
> HUMPTY DUMPTY

É com candor que usamos palavras. Esquecemos que, para governá-las, é preciso obedecê-las! Observem-nas. Mal as concebemos e elas ganham liberdade. Partindo do sentido que determinou sua criação, agarram outros que o enriquecem, às vezes o destronam. O mais tangível de nossa dependência para com as palavras decorre do fato de que tenhamos de recorrer a elas para determinar o que elas são e para decidir quanto ao seu uso! Não é desalentador que seja preciso basear-se na palavra para habilitar a palavra? Seria como definir o metro por seus milímetros!

Embora hoje seja algo bastante difundido, desde Aristóteles sabe-se que "a palavra não é a coisa". Essa asserção inspirou Zenão, que, como todos sabem, fazia uso de palavras para provar àqueles que tinham vindo escutá-lo, às vezes de muito longe, que todo deslocamento era impossível. A fórmula "a palavra não é a coisa" exige – detenham-se nisso um instante –

considerar a palavra como a coisa que denominamos palavra e tomar a coisa pelo que representa a palavra coisa. Isso não implica que o uso de qualquer coisa não continue sendo um assunto de palavras. Mesmo se o uso não é a palavra uso, a coisa uso é definida através da palavra uso pelo uso de palavras. Isso fica totalmente claro quando a coisa é a palavra, o uso da palavra dependendo do uso de outras palavras, cujo uso...

É preciso resignar-se a que a metalinguagem não possa ser postergada e aceitar o fato de sermos obrigados a discutir longamente com palavras para decidir sobre o sentido e o emprego das palavras. Os talmudistas de toda estirpe e os lingüistas de toda natureza que não podemos deixar de ser quando temos de justificar o sentido das palavras que empregamos, constroem, cada um para si, uma pequena escada que os eleva na sua própria certeza, sem que os outros os vejam decolar da gratuidade de suas asserções.

Na sua origem revolucionária, o metro foi definido como a décima milionésima parte do comprimento do quarto do meridiano terrestre. Embora para mim e para você isso seja algo difícil de comprovar, não deixa de ser preciso. Faz pouco tempo, o gosto em voga fez do dito metro um múltiplo do comprimento de onda do Krypton 86. Essa referência apenas afina a primeira e pretende ser, como ela, uma constante universal. Para o comum dos mortais esse comprimento de onda não é acessível. Por sorte, para permitir que o *vulgum pecus* meça os objetos sem ter de agrimensar o globo ou se servir de um espectrógrafo, os físicos criaram um metro padrão, do qual se editou uma miríade de exemplares.

Para que possamos medir nossas palavras, os cientistas lingüistas, por sua vez, criaram dicionários, que também editaram numa miríade de exemplares. Mas, diferentemente do metro padrão, cuja definição é universal e intangível, as definições dessas volumosas obras são singulares e inconstantes. Quanto mais o dicionário pretende ser erudito, mais ele menciona sentidos diferentes para cada palavra. Enquanto o físico visa restringir sua definição, o lingüista abre o mais amplamente possível as suas, sem nem mesmo se pretender completo.

O uso do metro implica a concordância com o padrão. Inversamente, o padrão da palavra é seu uso. É o uso da palavra que determina o sentido de seu uso. Primeiro usemos a palavra, em seguida iremos decidir ou debater quanto ao sentido do que ela "quer" dizer. É o uso admitido que sugere o uso a ser adotado, sem proibir outros. Os exemplos com que os dicionários nos regalam são citados assim:

DESGRAÇA! Interjeição de queixa, que exprime a dor, o arrependimento. Ex.: *Desgraça, três vezes desgraça!* (Dicionário Robert). Que exemplo esclarecedor!

Quanto mais uma palavra é importante, mais ela se encontra na encruzilhada de definições que arrimam outras palavras. Por isso não é fácil precisar o sentido do uso que dela fazemos, mesmo num esforço de rigor.

"A verdade é a qualidade do que é verdadeiro." "Verdadeiro é o que é conforme à verdade." "Verdadeiro e verdade são aquilo a que o espírito pode e deve dar seu assentimento." (Dicionários Larousse e Robert reunidos.) Humpty Dumpty não diz nada além disso.

Grandes palavras como "realidade", "evidência", "certeza"... tropeçam nelas mesmas e, humilhação inominável (!), são menos definíveis que as outras. No registro da psicanálise, inúmeros são os analistas que, depois do próprio Freud, quiseram precisar o sentido a dar à simples palavra "fim" em "o fim de uma análise". Desde 1937, como manejá-lo de outra forma que não como a simples cessação dos encontros com o analista?

Como nenhum meridiano terrestre, nenhuma freqüência vibratória, nenhum padrão pode desmentir o sentido que damos a nossos dizeres, faríamos mal em não nos aproveitar disso. Aliás, não temos nenhum constrangimento em fazê-lo. E, mesmo que isso nos constrangesse, nada mudaria. Cada qual faz uso das palavras como bem entende, por não ter qualquer possibilidade de fazer de outra maneira. Uma palavra decerto não é outra (isso é muito importante) e não conseguimos fazê-la dizer tudo o que gostaríamos. Mas como evitar que o que queremos fazê-la dizer seja apenas o que acreditamos que ela quer dizer?

Quanto ao que escutamos, como poderia ser outra coisa que não o que imaginamos escutar? E quanto ao que compreendemos, então! Embora vários desacordos decorram dessa inevitável imprecisão, alguns acordos fundam-se apenas nela. Toda a linguagem diplomática tem nisso sua razão de ser: fazer antinomias concordarem. Uma amostra dessa imprecisão bem-vinda nos concerne a todos, e como! Ela não foi tirada de uma obra de semântica geral, o que é uma pena, pois seu comentário certamente seria instigante:

"Eu te amo."

A formular ou a ouvir essa declaração, mais vale não querer saber o que ela quer dizer, nem mesmo se é uma proposta ou um pedido. Não insistamos, o Rei está nu. Ter a ingenuidade de propalá-lo nem por isso o cobre. Todos nós ficamos despojados de qualquer manto quando nos imaginamos vestidos das palavras com as quais acreditamos nos cobrir.

"Eu te amo" é uma fórmula que tem a genial particularidade de importar menos por seu sentido que por seu uso. É uma chave, uma senha.

O uso de uma palavra lhe empresta o sentido que se lhe dá (ou lhe dá aquele que lhe emprestamos) porque se acredita que ela o tem. Imaginamos esse uso, acreditando nos limitar a ele.

O que tem de ser salvo são as aparências. A linguagem tem de ser coerente ou parecer sê-lo, sem que se possa separar o que é admissível do que "ganha" a adesão (!).
    Não se deve confundir lógica e gramática. A gramática tem de ser escrupulosamente respeitada, a lógica pode ser violada o quanto quisermos, desde que não pareçamos abusar dela. A fala é tão pouco exigente em suas exigências que ela nos daria a latitude de brincar com as palavras, se já não o fizéssemos, sujeitando-nos a todos os riscos e sem desconfiar. Podemos, pois, empregar as palavras com a gravidade que elas parecem exigir. Pode-se, ao contrário, conferir-lhes pouca consistência, se comparadas ao ato. "O que está dito está dito" confere um sentido trágico a qualquer fala, ao passo que "São apenas palavras" sublinha a futilidade de seu uso. Prova disso é que para alguns é mais fácil falar do que agir porque compromete menos, ao passo que para outros é mais fácil fazer do que dizer porque isso não afirma nada. Diz-se que o que está escrito permanece e que as palavras perdem-se no vento. Sem dúvida, mas podem-se destruir os escritos, não as palavras!

    Depois deste preâmbulo, destinado a restringir as ambições legítimas de todos os utilizadores de palavras, passemos a usar as palavras para demarcar o que a palavra "ato" quer dizer. Procuraremos definir o ato tentando opô-lo ao que não seria ato, para compreender o que os psicanalistas, que o utilizam à sua maneira, fazem dele.
    Em termos psicanalíticos, "ato" parece significar *fazer algo que não seja dizer*. Pronto, a imprecisão está instalada, a "nuvem de desconhecimento", conforme a bela expressão do místico inglês anônimo do século XIV. Pois será mentir um ato? Não, se for dizer. Sim, se for enganar. E, embora formular qual-

quer palavra não seja um ato, calar qualquer coisa poderia ser. Dizer não seria um ato, ao passo que não dizer poderia ser! A lei, que pune quem não faz isto ou aquilo, considera sem titubear que o não-ato é às vezes um ato, além do mais, repreensível!

Permaneçamos no registro freudiano. Para o psicanalista, "agir" seria um modo de se lembrar. "Não é na forma de lembrança que o fato esquecido reaparece, mas na forma de ação." Em sessão, o silêncio que evita dizer poderia ser o ato por meio do qual se manifestasse o traço mnêmico de um antigo perigo. Calar-se seria a passagem ao ato que, sem mais nem menos, presentificasse essa lembrança. Não é mais a imprecisão do sentido que se revela nesse exemplo, mas seu caráter arbitrário. Para o paciente, dizer não seria, por definição, um ato. E pagar, e vir? Nesse caso, o psicanalista decide, como Humpty Dumpty, exatamente o que ele gostaria que a palavra "ato" significasse, pois não pagar ou não vir é, em análise, considerado uma passagem ao ato!

II. SER EMBROMADO PELAS PALAVRAS

> Embora a palavra não seja a coisa, é a palavra que forja a coisa.

"– O que é isso aí?
– Um objeto.
– O que mais?
– É um crucifixo.
– O que é um crucifixo?
– É uma cruz sobre a qual está Jesus crucificado.
– É a cruz sobre a qual Jesus foi crucificado?

– Pode ser. É a representação daquela cruz, é um símbolo religioso, uma espécie de lembrete para que não esqueçamos o sacrifício do filho de Deus, que uso como peso para papéis."

As palavras parecem destinadas a designar a coisa. No entanto, ao fazerem isso, estabelecem-na como realidade determinando o que ela é. As palavras "criam" o objeto. Um objeto não precisa ter nome próprio, mas como poderia prescindir de palavras para existir? Como delimitá-lo? A decência gostaria que não nos demorássemos demasiado no assunto. Cabe, porém, perguntar se o objeto mais precioso dentre todos, ou seja, cada um de nós, existe para além do que dele pode ser dito, inclusive – será sorte ou azar – por ele mesmo.

Para o analista, é importante destrinçar em virtude do que as palavras se imiscuem entre ele e seu paciente, pois, por princípio, são só elas que, naquela situação, fazem um existir para o outro, e o outro para o um. A psicanálise faz aparecer as palavras a serviço da transferência. Mostra também a transferência a serviço da repetição, repetição que é um modo de não se lembrar em palavras, mas em ato. Em suma, para o analista as palavras estão a serviço do que não dizem, do que não podem, não conseguiriam dizer, que é o que acaba sendo "atuado" na sua formulação, reveladora da relação transferencial. As palavras são os servidores do ato inconsciente.

Quanto a mim, que agora escrevo, acredito dizer o que quero dizer, acreditando sobretudo dizer apenas o que quero dizer. É por isso que, dentre as palavras que me vêm, faço a escolha mais apropriada. Mas como escolher entre as palavras que não me vêm? Esta escolha, quem a faz?

Certa noite, um menininho fica sozinho com a mãe, seu pai ficou preso no trabalho. Feliz com esse face-a-face agradável para ambos, ele diz para a mãe: "É gostoso ficarmos só nós dois, gostaria que o papai morresse." Embaraçado pelo estupor horrorizado que seu desejo provoca, ele acrescenta: "Até amanhã cedo!" E tudo entra nos eixos. Para essa criança, "estar morto" é estar longe, estar em outro lugar, ter partido, estar impedido de voltar, conforme as tolices que lhe tenham repetido. Descobrir o caráter irreversível de seu desejo lhe dará uma conotação proibitiva. Seu anseio não poderá mais ser realizado, e sua memorização fará com que se sinta culpado de tê-lo desejado. Suponhamos que ele esqueça isso. Resta saber como, mais tarde, esse menino poderá desejar estar só com alguém, ou até mesmo que tonalidades anunciarão as manhãs seguintes. Ou qualquer outra coisa, caso isso venha a se remanejar.

Ao utilizar palavras, a que mais nos submetemos senão a outras palavras que, por contigüidade infinita, autorizam ou proíbem até mesmo pensar? Toda palavra nova, todo sentido novo, pode desencadear um grave remanejamento retroativo, introduzindo correlações nefastas. Nunca é tarde demais para estar exposto a isso. "Mas como pude pensar nisso?" Ou pior. Um jovem teve crises de angústia no dia em que soube o que queria dizer a palavra "masturbação", embora até então o fato de ser um adepto fervoroso dessa prática não lhe tivesse causado o menor problema.

"– Uma palavra, por favor!
– Pois não.
– Gostaria de lembrá-lo discretamente que as presentes linhas não se propunham a glosar sobre a palavra, mas, em princípio, a falar do ato.
– Obrigado pela lembrança. Estou cheio da palavra, passo ao ato (em palavras)."

Pousar a vista em torno de si, eis um ato. Nada mais familiar. Nada mais enganador!

No que aparece, nada nos mostra que só se encontra ali o que aprendemos a ver. Nada indica que o que se oferece aos olhos é distinguido pelo olhar. Nada permite suspeitar que o espetáculo é o que avaliamos. Nada indica que o mundo é como o constituímos, e que nele só se encontra o que nele colocamos.

A vista só encontra o que ela institui... com palavras!!!

Por isso, "olhar" seria um ato, um ato de criação, de criação de sentido. "Abaixe os olhos, seu impertinente!" E "escutar", igualmente, pois é exatamente o que decidimos que significa o que escutamos que cria o que escutamos.

O ato poderia ser definido pelo que dele resulta: "Não olhe para mim desse jeito!", ou por sua intenção: "Por que você está me olhando desse jeito?" Se ele é o que dele resulta, quem decide? Se for a intenção, limita-se ela à consciência que dela temos? E quem fará seu inventário? E quando?

As palavras (ainda por cima!) perdem o sentido quando nos aproximamos excessivamente delas. Mas, no que tange ao ato, podemos nos afastar das palavras? Podemos esquecer que o ato é feito das palavras que o constituem como ato, e como tal ou qual ato?

Vejo uma formiga na minha varanda. Sigo-a com os olhos. Depois esmago-a com o pé! É um ato. Que não qualificarei, pois são as palavras que o farão ser o que ele será para quem o tiver qualificado. Mas, o que vejo? Esmaguei duas. Duplo ato? Não, meu pé não é grande o suficiente para esmagar as duas. Então, será que esmaguei a outra ontem por descuido, ao passar? Em caso afirmativo, será isso um ato? Não é só hoje que isso se torna um ato?

E se, vendo a formiga, com esforço (considerável) evito esmagá-la, é isso um ato?

E se eu evitar vê-la?

Para esclarecer tudo isso, distinguiram-se os atos voluntários dos involuntários e os atos conscientes dos inconscientes. Separam-se também os atos confirmados daqueles que são míticos, os atos plausíveis daqueles que são... imaginários. "Matei minha mãe quando vim ao mundo." Quem poderia decidir quanto à materialidade disto senão aquele que, evidentemente após a situação, o dissesse?

O ato é um fato de palavra, que isso fique bem claro. Pois, em não dando um sentido a um ato, o que ele tivesse realizado desapareceria, assim como, em lhe descobrindo outro sentido, seu resultado se modificaria. O recalcamento confirma que o ato é feito das palavras que o estabelecem. Não posso ter feito o que ignoro ter feito.

Oferecer a outra face é um ato.

Não responder às ofensas, seria um meio ato?

E não perceber que mesmo assim respondemos, um quarto de ato?

Este discurso carece de correção. Não é um ato adequado tratar das palavras e do ato dessa maneira. Existem muitas outras maneiras de tratar do tema (Deus seja louvado), mas que não resolvem nada. Muitos trabalhos mereceriam ser compilados pelo seu rigor e sua precisão científicos. O problema é que não há nenhuma necessidade de conhecer sua mera existência para se outorgar o direito de agir, falar ou pensar.

III. AS PALAVRAS DE QUE SE PADECE

Fazer é dizer por outros meios.

Sejam quais forem as definições com que se vista o ato, sejam quais forem as significações que se lhe atribuam, elas têm limites, porque o ato não pode ser ao mesmo tempo o que é e o que não é.

Em psicanálise, "dizer" não seria "fazer", embora "fazer" seja uma tentativa de "dizer". No registro clínico, que relação deve se estabelecer entre o sintoma que se "manifesta" (ele também) e o ato? Embora certos atos sejam sintomas, como a bulimia, as compulsões..., alguns não-atos também o são, como a anorexia, a impotência... Será que o ato só existe em relação a uma norma? Questão trágica. Não fazer "o que todo o mundo faz" é se diferenciar, é um ato. E, mesmo assim, ninguém é como todo o mundo. Então?

Não se pode mais calar que os analistas, na prática, só conhecem do sintoma aquilo que dele lhes dizem. Com isso evitam misturar a questão do ato. Todo o nosso saber doutrinal nos faz reduzir o ato-sintoma que nos é descrito ao dizer que nos é comunicado a respeito. O que importa de todo ato assim relatado é a maneira como é usado no discurso que o narra, e, para sintetizar, que o utiliza. O que importa é a interpelação que o ato efetua *hic et nunc* por sua menção no discurso que o cita. Essa interpelação adotará a forma de uma provocação, de uma chantagem, de uma sedução, de uma transgressão... Empregos verbais do ato não faltam.

Quem qualifica de sintoma algum de seus comportamentos notifica dessa forma que recusa ser seu autor voluntário e responsável. Desse rótulo aposto ao seu ato decorre um vínculo menos constrangedor com o que dele pode resultar. Isso ocorre graças a um puro jogo com as palavras. Quem quebra um objeto e diz para se proteger: "Não fiz de propósito!" pode ouvir a seguinte réplica: "Só faltava ter feito de propósito!" Na verdade, sua desculpa o acusa, pois quem teria pensado, senão ele mesmo, que ele poderia tê-lo feito voluntariamente? Quem qualifica seu ato de involuntário revela que alguém poderia duvidar disso. Nesse caso, denegar afirma.

Às vezes, a ignorância de um saber é a forma de ser seu portador. Eis um exemplo no qual o acesso ao que era ignorado precisou de algumas sinuosidades. Um adolescente vem me consultar. A pessoa que o encaminhou conseguiu evitar que fosse prestada queixa contra ele por tentativa de furto de mobilete, "desde que ele fosse consultar um psicólogo". Ele veio. Ele está aqui. Não tem nada a dizer. Talvez poderia falar um pouco dele mesmo? Pode, tem catorze anos. O que mais? Foi criado por "irmãs de caridade" porque sua mãe estava doente. Sempre? É, e quando fez onze anos e ela se curou, veio buscá-lo. Desde pequeno ele vivia numa grande casa com outras crianças, no campo. Lembra-se de sua surpresa a primeira vez que lhe falaram de sua mãe para lhe anunciar sua chegada para breve. Lembra-se de sua expectativa e de sua emoção. Então, tinha uma mãe, embora ela nunca tivesse vindo, e também nunca tivesse escrito. Bem que desconfiara que tinha uma, de que se orgulhava em segredo, pois a imaginava maravilhosa. Também pressentia que uma hora ela acabaria aparecendo. Que momento inesquecível aquele em que, para comemorar seus onze anos, ela surgiu. Não era assim que ele a sonhara, mas ela trouxe doces e roupas. Logo foram para a estação tomar o trem para Paris. Ela mora com um homem com quem nem sempre é fácil entender-se. Seria melhor estar só com ela. Ele não gosta quando aquele cara grita com sua mãe para que ela vá trabalhar à noite. Então ele nunca tinha visto a mãe antes? Nunca, ela estava no hospital. Nem mesmo ouvira falar dela? Não, ela só veio quando sarou.

É uma história curiosa: doente durante onze anos e em seguida perfeitamente restabelecida. Pelo que fiquei sabendo, desde que o menino a conhece, ela está bem de saúde e inclusive trabalha bastante, e até tarde. Problemas existem, com esse homem que é bastante colérico. Continuo escutando esse relato, absorvido por algum mistério que me escapa, quando, de súbito, sinto um choque ao achar ter compreendido que o hospital onde essa curiosa mãe devia ter estado era uma prisão; que a criança, sem ter sido abandonada, não pudera ser criada por ela, que só recuperou sua guarda tardiamente. Farejo também, por alguns detalhes sobre suas horas de trabalho, de que tipo são as atividades noturnas dessa mãe. Com essas retificações, a história dessa criança reencontra uma coerência a meus olhos.

Penso então no que empurra esse adolescente para a delinquência, ou melhor, o que o incita a tentar ser preso, pois seus furtos nunca se consumaram, ele sempre deu um jeito de ser pego em flagrante. Numa fração de segundo imagino, mas talvez o leitor tenha se antecipado, que ser preso injustamente ou por pouca coisa teria a vantagem de estabelecer uma situação de conivência com a mãe. Isso permitiria que esse garoto fizesse a alteração de palavras, entre "hospital" e "prisão", e reencontrasse assim a verossimilhança de sua história, sem difamar essa mãe com quem poderia compartilhar toda a iniquidade dos homens: pode-se ir para a prisão sem ter feito nada.

O que fazer com essa intuição? O menino prometera vir uma vez. Está aqui. Olho para ele. Será que ele, para quem tentar ser preso não é um sintoma, nem algo pensável como tal, e de que portanto não tem de ser "curado", voltará? Se ele não voltar e acabar conseguindo ser preso, poderá integrar psiquicamente essa mãe sem destruir sua imagem, identificando seu destino ao dela. Isso não é pouca coisa. Se voltar, será possível fazê-lo tomar consciência do "ato" inconsciente constituído pelo furto de uma mobilete? E, sobretudo, será suficiente interpretá-lo para restituir-lhe por completo o acesso ao percurso de sua mãe? Questão espinhosa.

Ele não voltou. Terá sido mera elucubração minha a idéia de que o ato de ser preso por furtos nem mesmo cometidos era um modo de acesso a um saber ignorado, a um pensamento latente? Um ato não quer dizer nada enquanto não o fazemos dizer.

O psicanalista faz do dizer um ato de transferência, e do ato um dizer-não-dito que sustenta uma lembrança recalcada. No exemplo do menino, ter pressentido o verdadeiro motivo da ausência da mãe poderia ter-lhe sugerido o que só se tornava "ato inconsciente" para mim. Teria sido minha construção que teria concebido o ato em questão, em que o garoto percebia apenas uma simples vontade de dar uma volta de mobilete. Embora seja possível determinar um ato pelo que lhe dá um sentido, será possível separá-lo do que lhe daria outro sentido, dentre uma infinidade de sentidos? Aos meus olhos, para aquele menino, ameaçado de conhecer um dia ou outro a história de sua infância, cabia escolher a modalidade menos destrutiva para transformar o hospital em prisão. Eu teria feito a mesma escolha? De que escolhas semelhantes não é feita a minha história?

Como a criança que desejava a morte do pai, posso evitar ser portador de desejos cujo alcance ignoro? Como o menino abandonado, estarei atado ao sentido ilusório de meus atos, sem qualquer acesso ao que me-los sugere?

O amor pela mãe animava essas crianças, empenhando-se em abrir caminho ao preço de um crime perfeito. Como Édipo: às cegas! Dito feito!

O veredito final da suprema corte
Foi condenar a Loucura
A servir de guia para o Amor.
                              (*Ibid.*)

Impresso nas oficinas da
Gráfica Palas Athena